EN UN RINCÓN DEL ALMA

EN UN RINCÓN DEL ALMA

Antonia J. Corrales

Editorial Aladena, S. L.

Cubiertas: Clara Rodríguez

Primera Edición: Febrero 2010

Editorial Aladena, S. L.
c/ Iván Pavlov nº 8, Bloq 2, 2º Planta, Oficina H.
20590 Parque Tecnológico de Andalucía.
Campanillas (Málaga)

www.aladena.com

I.S.B.N.: 9788492510214
D.L.: MA-304-2010

Mientras él estiraba sus brazos intentando en cada luna rozar el cielo, a mí las estrellas fugaces dejaron de concederme deseos.

A mi suegro, donde quiera que esté. Sé que él me habría dado un paraguas rojo para cobijarme, para cobijarnos.

A las aladas almas de las rosas
del almendro de nata le requiero,
que tenemos que hablar de muchas cosas,
compañero del alma, compañero.

Elegía a Ramón Sijé

Miguel Hernández (Orihuela, Alicante, España. 1910-1942)

PRÓLOGO

Felipa, a pesar de su ancianidad, tenía una belleza serena, aunque su carácter, huidizo y desarraigado, le daba a su faz un toque de frialdad marmórea. Aquella mañana arrastraba su cuerpo delgado, casi famélico, por las baldosas húmedas, vetustas y desiguales que conducían al establo. Caminaba en silencio, cabizbaja y renqueante, ensimismada en el sentido de las palabras que, haciendo un gran esfuerzo ocular, había conseguido leer. De vez en cuando se paraba y, tomando el escapulario que colgaba de su cuello, susurraba una especie de plegaria.

Su vedeja, de un color ceniciento, se mecía en el aire, en la frialdad del albor. El cántaro de latón parecía querer escapar del balanceo enfermizo de su añosa mano. Él, aún gozaba de lozanía. Su mocedad había sido mantenida por aquella anciana a la que la vida se le escapaba. Por ello, aquella alcuza que había llevado la leche recién ordeñada de la mejor vaca del establo durante años, aquella mañana, parecía negarse a acompañarla. Era como si dentro de ella hubiese raciocinio. Como si tuviese la certeza de que aquella aurora sería la última en la que la luz del sol haría brillar su cuerpo de metal.

Felipa miró el campo cubierto de rocío y suspiró. Con la cabeza gacha retiró la tranca y entró en el cabañal. El olor del heno y la alfalfa atenuaba el hedor de los excrementos. El ganado, que ahora estaba compuesto por cinco cabezas, no se asemejaba en nada a la vacada que, tiempo atrás, constituyó la fuente de ingresos de su numerosa familia.

«¡Cómo he podido dejar que suceda! —murmuró, al tiempo que tomaba asiento en el viejo taburete y procedía a ordeñar una de las reses—. ¡Cómo he podido estar tan ciega! Llamaré a Carlota. Ella me leerá el resto del manuscrito. Cuando Jimena regrese hablaremos. Sí, hablaremos sin tiempo de por medio. No puedo morirme sin pedirle perdón. No puedo hacerlo...»

El cántaro se precipitó contra el suelo y la leche recién ordeñada cubrió el piso empajado. Felipa desvaneció, precipitándose con una lentitud mortuoria contra el suelo.

En la casa, las ascuas del brasero calentaban con suavidad las faldas de la mesa camilla. La lente de aumento reposaba sobre el hule. Dentro de un paquete había un centenar de folios, junto a ellos un paraguas rojo. El resguardo del envío no mostraba los datos completos del remitente. En él sólo figuraba el nombre y la ciudad de procedencia:

Jimena Alcántara; El Cairo.

1

Madre, soy Jimena. Sé que apenas me recuerda. Siempre pasé por su lado como una sombra parlante a la que nunca logró prestar atención. En casa éramos demasiados y a usted siempre le faltó tiempo. Lo entiendo, entiendo su falta de tiempo, pero jamás pude comprender la carencia de justicia en la repartición del mismo.

«La fuerza se te va por la boca. Hablas demasiado. Como no rectifiques tu forma de ser, tendrás muchos problemas», solía decir como única e invariable respuesta a mis intentos de conversación.

No se equivocó. He tenido problemas, infinitos problemas, pero no por hablar demasiado. Los he tenido porque nadie, empezando por usted, tuvo tiempo para escucharme.

Mi vida siempre fue una lucha constante por conseguir su atención, su beneplácito. Ahora el paso de los años me ha otorgado la capacidad de ver la realidad y poder aceptarla sin que ello vaya más allá de una toma de conciencia. Sin que la soledad sentida me obligue a derramar una sola lágrima. A diferencia de antaño, hoy no necesito que alguien me escuche. He aprendido a dialogar conmigo misma. Este desarraigo, en parte, se lo debo a usted. Sin embargo y a pesar de ello, necesito hacerla saber quién es su segunda hija, aquella joven delgada, casi escuálida, que un día se marchó del pueblo buscando hacer realidad un sueño, un sueño de cuento que aún no ha cumplido. Usted me lo debe, me debe ese tiempo que nunca me dedicó, esas conversaciones que nunca tuvimos... Pero sé que la única forma que tengo de conseguir mi propósito, de que usted me escuche, es a través de estos folios.

El autobús desde el que la escribo se dirige al aeropuerto. Me voy a Egipto.

2

Todos pensábamos que aquello sería eterno, que nuestra casa jamás estaría vacía de risas, de gritos, de carreras, de comidas casi multitudinarias. Sobre todo lo creía usted que aseguraba que le poblaríamos la finca de nietos, que jamás se vería sola. Pero, poco a poco, todos, a excepción de Carlota, que se quedó en el pueblo, nos fuimos marchando. Padre también se fue, se fue antes de que llegara su hora. ¡Cuánto le quise!, le adoraba. Aún añoro sus charlas junto a la chimenea, el sonido melancólico y pausado de su voz; tan profunda como su mirada. Echo en falta el humo de su pipa garabateando siluetas en el aire; su olor, y la aspereza proletaria de la palma de sus manos, con las que tantas veces acarició mi nuca.

«*Sin carrera eres un señor. Con carrera eres el señor Don*», solía decir para darnos ánimos, para que ninguno dejásemos de estudiar. Para él, todos estábamos capacitados, a excepción de Carlota que siempre se negó a ello. Imagino que ella, mi hermana, será quien lea para usted estos folios. Siempre le gustó leer en voz alta. Desde pequeña, si algún día lo fue, porque yo siempre la recuerdo mayor, tuvo muy claro que sería madre y esposa. Que pasaría sus días sin pena ni gloria, pero feliz, aterradoramente feliz, en ese horizonte empequeñecido por los quehaceres diarios, raptado por las tareas cotidianas que no van más allá de las necesidades de los demás y que, para ella, eran y siguen siendo el pan y la sal de su vida. La admiro por ello. La admiro por conseguir lo que quería, por tenerlo claro. Tal vez ahí resida el misterio de la supervivencia, en creer que uno es feliz, en no distinguir la alegría de la felicidad.

El autobús está cerca de la terminal. Está lloviendo. Cuando mi avión despegue habrá pasado el tiempo necesario desde mi ausencia para que Carlos comience a inquietarse y se pregunte dónde ando, cuál es el motivo trascendental que me ha llevado a ausentarme del campo de batalla, por qué no permanezco como de costumbre, estoica en el lugar de siempre.

Adrián no percibirá mi ausencia hasta la hora del almuerzo. Él seguirá perdido en los miles de apuntes que necesita aprender, casi al pie de la letra, para aprobar la oposición que le hará merecedor del titulo de notario, ardua labor que le ha hecho perder tres largos años de intentos frustrados. Adrián es igual que su padre, robusto, varonil y obstinado hasta la demencia. Ajeno al resto de inquietudes que no sean las suyas.

Mi pequeña Mena estará en el baño. ¡Siempre está en el baño! Ella es el reflejo de lo que siempre he deseado ser: alguien inalterable ante las exigencias de los demás. Mi niña no se preguntará dónde ando. Si quiere saber algo de mí irá directamente a las pirámides. Se perderá en ese mar de arena empachado de historia y me buscará bajo la sombra invisible que refleja la figura de Hatshepsut, la dama del Nilo.

A estas alturas, madre, ya se habrá dado cuenta de que viajo sola, que ninguno de ellos, ni Mena, ni Adrián, ni Carlos saben nada de mi marcha. Se habrá percatado de que me he marchado sin dejar aviso, que he dejado a mis hijos y a mi marido. A estas alturas usted estará sacando el pañuelo de su manga para limpiar el lagrimeo constante que mis palabras le producirán. Y me atrevo a adivinarla acercándose a la cómoda en busca del retrato de padre, quejicosa y renqueante. La imagino limpiando el cristal que protege su foto con la manga de la camisa negra después del consabido beso, estirando el paño de ganchillo blanco sobre el que descansa. Tras unos instantes de ensimismamiento, sé que lo volverá a colorar con una escrupulosidad casi obsesiva, y se alejará, cabizbaja e hiposa, moviendo la cabeza de un lado a otro.

El autobús ha llegado. Tengo que dejar de escribir. Pero sólo por un instante. Cuando el ruido de los motores me llene el estómago de burbujas, cuando las ruedas se escondan en la barriga del Boeing 747, entonces, para calmar el miedo ancestral, oceánico y profundo que siento a volar, haré lo único que siempre ha conseguido calmar mis ansias, mi inseguridad y mis penas; hablar. Volveré a hablar con usted a través del papel.

¡Internacional! Pone salidas internacionales. Créame madre; me gustaría tanto que estuviera aquí.

3

Son las dos de la madrugada y aún no he conseguido dormir. El miedo me atenaza. No es un miedo cualquiera. Es el que crea la inseguridad. Me siento perdida. Nada es como pensaba. Desde que llegué a El Cairo y crucé la puerta del aeropuerto en dirección al taxi sentí una sensación extraña; no sabía qué hacía aquí.

Siempre imaginé El Cairo como una pequeña aldea llena de casas de adobe, en medio de un desierto salpicado de nómadas y *tuaregs,* vestidos de blanco y azul añil, sonriendo prepotentes encima de sus enormes y abnegados camellos. Todos eran hombres de tez morena, de formidables ojos negros y grandes cejas. Las calles, un inmenso zoco donde todos los espacios estaban invadidos por miles de tenderetes que exhibían vasijas, momias y tesoros arqueológicos que se podían adquirir por dos duros. Nada más lejos de la realidad. El Cairo es una gran ciudad. Iluminada por la energía de la gran presa de Asuán. Llena de autopistas. Plagada de turistas ingenuos como yo. El Cairo es hermoso, cosmopolita, políglota y demasiado grande para mis conocimientos. Aún y así no me arrepiento, sólo siento inseguridad. Todo lo que me gusta siempre me ha producido inseguridad y miedo. ¿O tal vez miedo e inseguridad?

Durante el vuelo, en muchos momentos, he echado en falta el paraguas rojo de Sheela, mi amiga del alma. No pude embarcar con él, las medidas de seguridad me obligaron a facturarlo con el resto del equipaje. Desde que me lo regaló ha permanecido a mi lado, sirviéndome de apoyo y cobijo, protegiéndome de los malos augurios, tal y como ella dijo que haría. Antes de facturarlo acaricié su empuñadura de madera y, mientras lo hacía, recordé sus palabras, las palabras premonitorias de una de las brujas de Eastwick. Ella presagió mi viaje a Egipto, anticipó mi huída:

«Egipto, es parte de tu destino... aunque, si lo deseas, puedes evitarlo, porque la vida, el futuro, es un cruce de caminos y siempre hay más de una elección. Si decides viajar a la ciudad del Nilo, nunca debes regresar a España, por nada del mundo debes hacerlo. No lo olvides...»

Tal vez si me hubiese dicho el motivo por el que no podía volver, habría elegido otro destino, no estaría aquí. Pero no lo hizo, siempre se negó a hablar sobre ello. Desde aquel día no volvió a esparcir para mí las runas sobre la mesa.

4

Hace tres horas que permanezco en el hotel. Durante ellas, he levantado el teléfono varias veces y lo he vuelto a colgar, hasta que, por fin, sujetando el paraguas rojo por su empuñadura con fuerza he marcado el número de teléfono de casa. Lo ha cogido Carlos. Después de escuchar, en el más absoluto de los silencios, mis explicaciones, ha respondido con una frase en la que se adivinaba una amenaza:

—Espero que sepas lo que has hecho.

No me dio tiempo a responder, cuando intenté articular un sí, había colgado.

No sé por qué fue ayer cuando tomé la decisión, cuando decidí abandonarlo todo de la manera en que lo hice, sin antes dejar caer una advertencia, una queja o un silencio demás durante los atropellados desayunos, los almuerzos domingueros o las cenas vacías de velas, vino y rosas. Sin una lágrima premonitoria o acusadora. Sin las razonables omisiones de mis deberes cotidianos y humanos. Sin esa llamada de auxilio que suele anteceder a una crisis emocional. Lo hice en silencio, sin que mis pasos se oyeran, sin que mi rostro expresara un gesto de desacuerdo o malestar ante aquella cotidianeidad en la que yo me sentía parte del mobiliario. Quizá el desencadenante fuesen sus últimas e insípidas caricias, en las que yo parecía no tener rostro, podía ser cualquiera bajo sus manos, porque ellas habían dejado de reconocerme bajo las sábanas, me había convertido en una más, en la de siempre. Y lo peor no era que yo lo sintiese de aquella forma, lo peor era que él, Carlos, también lo sabía y no parecía importarle lo más mínimo.

Contemplé el reflejo de mi cuerpo desnudo en los cristales del dormitorio, mientras la lluvia golpeaba el vidrio con rabia y las gotas se deslizaban como lo hacían mis lágrimas mudas; sin fuerza, dejándose llevar. Mientras él, Carlos, desnudo frente al espejo del baño, pletórico de éxtasis carnal, levantaba su mentón y me preguntaba, en voz alta, si la caldera estaba encendida porque iba a darse una ducha.

Aquella noche tomamos, tomé, demasiado vino. El alcohol se hizo dueño absoluto de mi conciencia. Poco a poco noté como el pulso se iba ralentizando. La música sonaba lejana, ausente. Le miré y supe que aquel día formaría parte de otros tantos, que pasaría como habían pasado los demás; carentes de sentido. Sin embargo, a pesar de todo lo que había sucedido entre nosotros, de la soledad, seguía deseando sus manos sobre mi cuerpo, el arrastre cálido de sus dedos por mi piel. Anhelaba su mirada profunda recorriendo frívola la comisura de mis labios, la protuberancia de mis caderas, el blanco enlechado de mis pechos. Y volví, una vez más volví a dejarle hacer. Controlé mis ansias de placer porque sus deseos siempre se superponían a los míos. En cada uno de nuestros encuentros carnales yo me contenía, frenaba mi necesidad, mi ansia, hasta que él se deshacía, hasta que sus párpados caían. Sentía, sí, yo, a pesar de los años transcurridos, de la apatía, de la sinrazón que abrigaba nuestro común diario, seguía sintiendo, pero lo hacía a través de él. Por ello, por aquel vacío de sentimientos y placer propio, que no ajeno, aquella noche, Carlos, mi Carlos, el Carlos que yo había creado y mantenido, desapareció. De un plumazo su vida y mi vida dejaron de formar parte de aquellas películas absurdas con las que alguien llenó las horas vacías de mi infancia. De aquella farsa que había encorsetado mi forma y manera de ver la vida, incluso de enfrentarme a ella. En ellas, las princesas se quedaban embarazadas después del beso casto, casi inmaterial, del príncipe que daba paso al FIN. Los platos del banquete nupcial estaban cargados de manjares exquisitos, que no costaban un duro, y el pelo largo de las jóvenes no necesita bigudíes para rizarse. En un instante impreciso, rápido como un destello de luz, me sentí parte de una mentira, de una gran mentira. Ni Carlos era un príncipe de cuento, ni yo era como esas jóvenes de ojos azules y pechos prietos, rubias como la cerveza.

5

A pesar de todo le quise, sí madre, le quise casi de forma demencial y, de alguna manera, creo que aún sigo queriéndole. Durante los primeros años de convivencia su estado constante de excitación hacía que me sintiera deseada, y eso, entonces, era algo muy importante para mí; formaba parte "del ser mujer". Lo aprendí cuando el tiempo era joven, en aquellos días en que los *"decires"* y los *"haceres"* de los demás van dando forma a los tuyos. Pero aquella época ya no tenía nada que ver conmigo y por eso mi deseo de rozar el concepto de la perfección, de conseguir que todos, y ante todos Carlos, se sintiesen felices a mi lado, fue desapareciendo paulatinamente.

Mientras él se introducía en la ducha, ajeno a mis pensamientos, a mi desnudez emocional, yo me vi ataviada con aquel vestido verde botella, tipo Sissi emperatriz, fregando los platos llenos de grasa. Aturdida en una casa llena de muebles estúpidos y traicioneros, que se cubrían de polvo en cuanto les perdía de vista. Llenando la barriga del carrito del supermercado con productos más baratos y mejores que las ofertas engañosas de letreros fosforescentes, que tanto horror me producían. Entonces comprendí que aquel vestido era incómodo para mis quehaceres diarios, que los pechos luchaban por deshacerse del corsé diseño camisa de fuerza. Reconocí el brillo de los collares de escarlatas como lo que en realidad siempre habían sido, bisutería fina. Sentí la necesidad imperiosa de ser la protagonista, la primera actriz de una película basada en la realidad. Cerré la página final de mi historia de ficción, una historia que había durado demasiados años, tantos que el príncipe era casi un abuelo, y escribí el final del cuento: «Colorín colorado, la princesa se ha fugado»

6

Después de una sórdida noche de insomnio en la que los recuerdos de nuestra vida en común fueron aflorando uno a uno, al amanecer, bajé las maletas del altillo y comencé a introducir en ellas mi ropa. Me vestí con los viejos vaqueros y me calcé las deportivas que tanto odiaba Carlos. Él dormía, como era habitual profundamente, ni un seísmo de 7,7 en la escala de Richter habría conseguido despertarlo. No dije nada, ni tan siquiera me acerqué a los dormitorios de Mena y Adrián. Ellos estaban acostumbrados a mis paseos matutinos en soledad y aunque hubiesen escuchado mi ir y venir por la casa, no les habría incomodado en su descanso. Como una sombra atravesé el pasillo y salí a la calle. Llovía, en mi vida siempre llueve, todos los días importantes de mi vida están pasados por agua.

El viejo "*Mercedes*" del vecino permanecía aparcado frente a mi casa. Sus faros redondos se fijaron en mí como si fuesen los ojos de un abuelo, desaprobando mi huida. El parachoques pareció recriminar mi marcha. Incluso, imaginé como decía: «Huyes, ¡cobarde! Siempre fuiste una cobarde» Agaché la cabeza y dejé de mirarlo porque, en cierto modo, de alguna manera, me sentía un poco cobarde. Caminé unos pasos, tomé aire y di un último vistazo a la casa. Después, tras unos instantes de ensimismamiento, limpié las lágrimas que resbalaban por mis mejillas, abrí el paraguas rojo de Sheela, me cobijé bajo él y sonreí. Le sonreí desafiante al "*Mercedes*", al hortera del vecino que, como todos los sábados, tenía su butaca de patio instalada bajo el porche y me contemplaba sin decoro, absorto, enfundado en su pijama a cuadros y sosteniendo el café humeante en la mano izquierda, mientras que con la derecha pasaba las hojas del periódico que jamás leía. Tal vez sí, quizá lo leyese, pero estoy segura que no entendía ni uno de los párrafos del diario. Esquivando su mirada que permanecía fija en el trolley y la maleta roja de mano que yo había dejado en la acera, me acerqué a la cancela de Remedios, mi "adosada" Remedios...

7

Remedios era, y sigue siendo, remilgada. Remilgada y un poco ignorante, aunque excepcional. Es silicona pura y croquetas de una bechamel inmejorable. Una enciclopedia culinaria andante en la que, ayudada del arte de la seducción, con el que estoy segura le agració algún hado, ha conseguido ir recopilando cientos de trucos inaccesibles para las nueras. Las nueras que, como yo, somos incapaces de conseguir la fórmula secreta de aquel plato especial con el que llevarse al príncipe azul a la cama. Sin embargo ella, Remedios, sólo tiene que ajustarse el mandil, dedicarle una sonrisa a la suegra ajena o propia para que ésta le suelte, como si la hubiesen inyectado pentotal, todos y cada uno de los entresijos del plato en cuestión, guardados durante generaciones en el más absoluto de los secretos. Lo hace sin esfuerzo, sin alarde, como el que oye llover, mientras tú observabas la escena estupefacta. Mientras les dedicas una mirada de indignación a tu santa suegra y su devoto hijo.

Remedios es el prototipo perfecto de mujer, de la mujer que la mayoría de hombres quisieran tener a su lado. Alegre, imperturbable, eficaz y condescendiente. Teñida de rubio hasta lo más íntimo. Sin una sola raíz en su pelo que muestre el negro genético que sí lucen sus vástagos y ascendientes.

Pasa horas interminables en la cocina, sin embargo, su ropa jamás huele a los guisos que intercala en el menú diario. Ella siempre huele a violetas, a violetas del Teide. Para sus menesteres culinarios y nutricionales se ayuda de un gran libro dietético, confeccionado de su puño y letra, que cuelga por un cordel al lado del teléfono de la cocina y que, por su tamaño y disposición, se asemeja a las guías telefónicas americanas que penden de las cabinas públicas.

Su repostería es especial, mágica y medicinal. Cargada de colores que ella apoda como curativos y que consiguen efectos surrealistas. Siempre tiene un postre para cada ocasión, para cada estado de ánimo y, con él, siempre logra su propósito: que nada sea tan importante como para hacernos llorar. En cada una de las degustaciones con las que nos obsequiaba, siempre terminábamos riendo, riendo a carcajadas. Sheela decía que el ingrediente secreto de los postres de Remedios debía ser el conjuro que recitaba durante la mezcla de los ingredientes, semejante al de la Queimada, aunque diferente en contenido y melodía. Un contenido del todo ininteligible e impronunciable si no era por ella. Remedios, como única respuesta a nuestras preguntas y conjeturas sobre su conjuro, reía. Nunca se avino a darnos un solo detalle sobre él que nos permitiera conocer su simbología; su fin, procedencia o, sencillamente, que nos facultara para ponerlo en práctica. Aún sigue siendo así.

Durante los comienzos de nuestra vecindad yo no soportaba a Remedios, me ponía enferma su perfección, su excesivo dominio de lo cotidiano y lo hacía porque dentro de ese feudo que ella gobernaba sin esfuerzo, yo parecía una folclórica que hubiera caído desde el cielo al escenario durante la representación de una ópera de Giacomo Puccini.

Cuando la conocí, no me gustó, no me gustó nada. Era tan perfecta, tan irreal, que ni tan siquiera gritaba. Parecía haber conseguido ser como los personajes femeninos de las series americanas; dulce, educada, silenciosa: de plástico. Ese control, esa supremacía, me ponía enferma. Alteraba mis biorritmos. Yo había pasado media vida intentando ser así, de aquella manera. Había deseado con firmeza, antes y durante el desarrollo de cada una de mis broncas maritales, generacionales e incluso profesionales, controlarme. No dar un tono excesivamente alto a mis palabras, y, lo más importante;

generar tranquilidad a mi alrededor. En una palabra; dominar. Tener todo medido. ¡Nunca lo conseguí!

A pesar de su silicona, que debo reconocer estaba francamente bien puesta, de su control y su excelencia cotidiana, Remedios era humana, era tan imperfecta y tan latina como lo somos todos. El día de aquel verano en el que su querido Jorgito, educado al mejor estilo ingles, le dijo: ¡Vete a la mierda mamá! Remedios no se alteró. Dejó caer su pareo al suelo como el que no quiere la cosa. Extendió sus garras rojas hacia el enano y lo arrastró hacia sí, despacio, sin prisa. Todo el círculo *"piscinal"* observaba ansioso su reacción. Estaban deseosos de que ella tuviese, al fin, una pérdida de formas con la que aderezar los desayunos o las sobremesas de aquel aburrido estío. Pero la única afortunada fui yo. Mi posición estratégica al lado de ella me permitió no perderme ni una de sus palabras. Remedios, acercó su boca a la oreja de Jorgito y, disimulando con una amplia sonrisa de cara a la galería, le susurró: «Cómo vuelvas a contestarme de esa manera, te juro que te corto las pelotas» En aquel momento su imagen cambió para mí. Seguía siendo demasiado perfecta, su maquillaje continuaba siendo excesivo, persistía en su obsesión por tenerlo todo controlado y se negaba a leer novelas que no fueran rosas, contraviniendo mis consejos... Sin embargo, su reacción ante Jorgito, tuvo un toque vulgar que me encandiló. Estaba aderezada con el encanto que lleva implícito la pérdida repentina de formas que caracteriza a la gente normal. Eso me satisfizo, me hizo atisbar la posibilidad de que existiera un rincón oscuro, invisible a los demás, en su preciosa cabecita. Un espacio vacío de cosméticos, repleto de inquietudes y sentimientos contradictorios. Desde aquel instante, poco a poco, su apaciguamiento, su simplicidad en el análisis de lo cotidiano, su permanente: « no pasa nada, verás como todo se arregla», pasaron a formar parte de mi vida, lo hicieron sin que me diese cuenta y para siempre. Remedios, se convirtió en mi amiga; en parte de aquel maravilloso trío apodado como: las brujas de Eastwick.

Ayer, desde la ventana de la cocina, me observaba inquieta. Quizás esperaba la salida de Carlos tras de mí. Contuve la respiración, intenté forzar una sonrisa que no dibujaron mis labios y abrí la cancela. Al verme entrar en el jardín salió apresurada, con gesto de desasosiego, mientras se secaba las manos con el mandil rosa, mientras el olor a tostadas y café recién hecho escapaba tras sus pasos.

—Me marcho al pueblo unos días —le dije.

—¿Tu madre está bien? —preguntó preocupada.

—Sí. Necesito cambiar de aires, darme un pequeño respiro. Ya sabes... —dije tras una pausa, agachando la cabeza porque me sentía incapaz de aguantar su mirada demasiado tiempo.

Sé que no me creyó. Lo noté en la forma en que cogió mis manos entre las suyas, en su mirada condescendiente y cómplice. Lo supe porque no volvió a la casa, porque permaneció estática y silenciosa hasta que el coche giró la curva y se perdió en el entramado de las calles que componen la urbanización. Se quedó allí, prediciendo un adiós que no se produjo, pero que ella intuyó en el instante en que mi maleta de mano, sólo Dios sabe por qué razón, se abrió sobre la acera y vio la pequeña bolsa de terciopelo rojo en su interior. Aquella bolsa que ella misma confeccionó con las cortinas del herbolario de Sheela. Entonces, con los ojos llenos de lágrimas, dijo:

—¿Me llamarás cuando lo hagas? —asentí cabizbaja y avergonzada por mi falta de sinceridad, de valentía, y tomé el taxi que acababa de llegar. Lo hice rememorando un momento concreto de nuestra vida, el más importante que ambas compartimos junto a Sheela. Un instante que llegado el momento también compartiré con usted, madre.

8

El día que llegamos a esa vanguardista, prestigiosa y elitista urbanización, el corazón se me encogió como un tomate para freír. Todos eran tan perfectamente pudientes que mis orígenes me provocaban inseguridad.

Me pregunto, qué hubiesen pensado usted y padre si hubieran podido oír mis pensamientos. Recuerdo como pagaron parte de mis estudios gracias a la leche que producía el ganado. Sus ubres fueron el pozo de petróleo de nuestra gran familia numerosa.

Aquel día, mientras observaba la alta sociedad que me rodeaba, mirando el terreno, en el que se asentaban los chalets, y que tiempo atrás fue una cañada real apodada como "la polvera" en donde las parejas al anochecer buscaban "intimidad", sentí nostalgia. Añoré la vida sencilla y llana del pueblo. Cuando mis ojos retuvieron la imagen de la infinidad de chalecitos adosados, todos ellos repletos de alarmas, parabólicas, coches de alta gama y empleadas de hogar uniformadas hasta las cejas, me dieron ganas de salir corriendo, de volver a mi pequeña casa de apenas sesenta metros cuadrados en pleno centro de la capital. Eché en falta el colorido de los semáforos, el ruido ensordecedor del tráfico que acallaba mis cavilaciones. El bullicio de la gente en las tiendas, en las terrazas, por las aceras... Evoqué ese anonimato que te da la gran urbe, un anonimato que permite ir, vestir, sentirte y ser como te dé la gana por cualquier sitio, en cualquier momento del día y cualquier día del año. Añoré esa libertad de formas y maneras que allí me iba a ser muy difícil hallar. No sabía como iba a poder sobrevivir en aquel recinto privado, de calle privada, portero privado... Todo era *priva-*

tivamente privado, menos los recursos económicos que se paseaban como suelen hacer los nobles con sus títulos.

Cuando la señorita guapísima, vestidísima de Cristian Dior, maquillada y peinada por un pupilo del mismísimo Llongueras que, dicho sea de paso, allí estaba súper "franquiciado", nos dio la oportuna, la obligada, la monótona y consabida gira turística a través de las instalaciones comunes, Carlos, mi amado Carlos, parecía Onasis. Se tomó tan en serio su papel de nuevo rico que hasta yo me lo creí. Sin embargo, yo, a su lado, frente a todo aquel alarde de pedigrí, era el retrato viviente de un chuchito sin raza. Abandonado por sus desaprensivos dueños y rescatado por los servicios de la perrera municipal del atropello de un coche. Incluso adolecía de una cojera repentina y un tic nervioso en el labio superior que me obligó a taparme más de una vez la boca para disimular mi precario estado de nervios. Todo ello, unido a mis ademanes y aspecto progresista, me hacían desentonar con el impecable estado y apariencia de mi cónyuge, vestido de Ralph Lauren y perfumado con Loewe. Mis vaqueros y mi camiseta negra haciendo juego con las alpargatas de esparto me hacían sentir cómoda. Eran apropiadas para caminar por la urbanización, visitar el chalet piloto, los jardines.... Pero, al tiempo, me convertían en el blanco perfecto de la mirada inquisidora y frívola de la guapísima empleada de la promotora y las "superseñoras" que ya habitaban algunos de los chalecitos. Carlos parecía ir a jugar al golf, sólo le faltaban los zapatos apropiados. Yo parecía ir al súper, al supermercado del barrio, porque allí lo llamaban El Centro Comercial, y cuando se visitaba, una tenía que ir a la última.

Lo cierto, madre, es que no solo me sentí así aquel día. Siempre me he sentido desvinculada del común de los mortales, pero sobre todo y ante todo, de aquellos que llevan el éxito prendido en todos sus actos: los de la flor en el culo. Jamás fui uno de ellos. Ni tan siquiera me identifico con mis hermanos. Ellos son tan perfectos, tan rubios, tan altos, tan felices. Yo, tan morena, tan flaca, tan débil, tan infeliz. Tan intelectual, demasiado intelectual. Ése, como dice Carlos, es mi mayor problema, que pienso demasiado y pensar no es bueno.

Durante todo el recorrido por la urbanización, mientras escuchábamos la memoria de calidades, veíamos las habitaciones, admirábamos los escandalosamente carísimos muebles de la cocina, volví a sentir el mismo desasosiego, la misma sensación de estar en un lugar equivocado una hora más tarde de la cita. Me sentía terriblemente alejada de todas las personas que vivían en aquel entorno, maravillosamente programado por la constructora y colonizado a la perfección por la hostelería. Una hostelería que también distaba mucho de mi exquisita cocina rápida, congelada y casi sintética que apenas tenía sabor ni olor, pero que gozaba de un gran éxito, aunque sólo fuese frente a mí misma.

Aquel lugar era tan perfecto que parecía haber sido construido con el único fin de fastidiarme, de desubicarme. Todo era tan extremadamente bueno que, en aquel momento, mientras contemplaba la perfección que me rodeaba, habría preferido que todo hubiese sido una ilusión óptica. Pero era real. Desconectar no servía, debía adaptarme. Carlos, así me lo exigía. Y lo intenté, lo intenté sin conseguirlo durante muchos meses, hasta que Remedios se instaló al lado, se adosó a mi vida. Entonces fuimos dos las desubicadas dentro de aquel hábitat inhóspito e irreal.

9

Una vez más divago. Usted siempre dijo que la parquedad no era mi fuerte. Pero lo cierto es que nunca hablé lo suficiente, callé más de lo necesario, y lo hice demasiadas veces. Debí hacer caso a mi querido hermanito chico. Si le hubiera hecho caso ahora las cosas serían diferentes, me habría ido mejor, estoy segura de ello. Al menos no me sentiría tan infeliz, tan frustrada.

Juanillo es el único que se parece un poco a mí. Tan poca cosa, con ese pelo tan negro, tan lacio. Enjuto de carnes. Sensible e inseguro. Atormentado por el deseo, por la necesidad de despertase un día siendo mujer. Todos, sin excepción, fuimos unos estúpidos, unos cobardes conformistas con las normas que unos cuantos reprimidos presuponen e intentan imponer como verdades absolutas, cuando éstas ni tan siquiera forman parte de la realidad. Nos dejamos llevar por el miedo a las habladurías, por ese estúpido: qué dirán. El qué dirán de unos cuantos a los que nada debíamos, que nada nos dieron ni nos darán. Por el miedo a las aves carroñeras que se alimentan de la pena ajena, que intentan imponer a los demás una doctrina que no practican y en la que en realidad no creen, pero que les sirve como estandarte para pregonar a los cuatro vientos que son mejores que los demás, más humanos, más personas, más hijos de Dios; de su dios.

Juanillo no necesitaba hacerse mujer, había nacido siéndolo. Sin embargo, nosotros, primero intuyéndolo, más tarde sabiéndolo, nunca se lo hicimos saber. No fuimos capaces de decirle que conocíamos su condición sexual y que aquello, su deseo de convertirse en una mujer, no dejaba de ser una meta, un camino por andar en el que no estaría solo.

Usted, madre, ensalzaba su desenvoltura en la cocina, la maestría para hacer que un simple guiso de patatas se convirtiera en algo especial. La forma que tenía de colocar los cubiertos, los platos, el jarrón con las flores que había ido cortando en el campo y su pulcritud. Siempre iba hecho un pincel.

Padre envidiaba su calma, su exquisita dulzura, su manera de arreglar las desavenencias familiares y aquellas manos perfectas para el diseño de la ropa femenina. Recuerdo sus primeros dibujos y lo que más llamó mi atención en la silueta de las modelos: todas tenían unos grandes pechos de caída endiabladamente carnosa. El comentario de padre al respecto:

—Este hijo mío es muy macho. El vivo retrato de su padre. Le gustan las mujeres con muchas tetas.

Más tarde comprendí por qué Juanillo subió, llevado por un ataque repentino de angustia, a su cuarto, cerró la puerta y lloró en soledad durante horas. Juan, mi Juanillo, adoraba los pechos femeninos. A través de sus diseños, con cada uno de sus trazos, rozaba el sueño de tener algún día aquella figura que tanto se asemejaba a una *Venus* y de la que él hacía un dibujo perfecto: exuberante, sensual; mujer.

Él, estaba fuera de ese margen irreal que ha creado parte de esta sociedad mentirosa y reprimida, malsana. Estaba dentro de un cuerpo que no le pertenecía y nosotros, los suyos, sabiéndolo, lo omitimos. Omitimos sus ademanes, sus exquisitas posturas, el tono casi aterciopelado de su voz, su especial sentido del gusto... Fuimos tan cobardes que no admitimos algo tan antiguo y normal como la propia existencia de nuestra especie. Por ello, Juan, salió de nuestras vidas poco a poco, sin darnos cuenta. Como una sombra dejó de proyectarse por la ausencia de los rayos del sol familiar. Él, madre, pasó por su vida y la de todos mis hermanos como lo hice yo, sin que se notara que estábamos allí, sin que ustedes sintieran nuestra respiración. Con una diferencia, Juanillo no hablaba. Dejó de hablar de repente, como si le hubiera comido la lengua el gato.

Hasta el día en el que padre enfermó. Entonces, ninguno teníamos tiempo. Las agendas estaban repletas. Había demasiadas responsabilidades, todas ineludibles. Pero él, Juanillo, no lo dudó. Se sentó a los pies de su cama durante meses. Limpió sus proyectos de escaras. Vació las cuñas malolientes y acarició su piel dormida por las drogas. ¿Recuerda, madre?, a usted le secó las lágrimas, sus brazos la acunaron como si fuese una niña, sus manos la recogieron durante las últimas horas de dolor. Después, llegado el momento, vistió su cuerpo para el abrazo de lo que él llamó; una muerte deseada. Las palabras que padre le dedicó, dos días antes de perder la conciencia, fueron las que Juan se mereció escuchar años atrás; muchos años atrás:

—Gracias Juan; eres la mejor de mis hijas. No te rindas. Lucha por lo que quieres. Te lo mereces, siempre te lo mereciste. No dejes que nadie te haga sentir vergüenza. No dejes que nadie decida por ti...

Juanillo fue el único que siempre me entendió. Él fue quién prestó atención a mis llantos, a mis silencios, a mis huidas. Juanillo fue el único que se molestó en escucharme:

«Jimena no hagas caso a madre —decía cuando me veía llorar—. Madre es mayor. Es lógico que no entienda tus inquietudes. No dejes que elija por ti, no lo hagas o te sentirás frustrada de por vida. Escribe. Deja la carrera, estás equivocándote al estudiar farmacia. Sólo hay que ver como estás. Has nacido para escribir y tú lo sabes, lo has sabido siempre... »

Hace tres meses que no hablamos. Su trabajo de diseño lo ha llevado a viajar constantemente. Si supiera que he decidido cumplir mi sueño, que he tenido la valentía de subirme sola a un avión, que ando perdida en El Cairo... que al fin he dejado a Carlos, se sentiría orgulloso.

Tengo que llamarle.

10

Recuerdo el día de mi boda. Era un día como hoy, con sus horas eternas, pesadas y oscuras. Lleno de recuerdos que iban y venían de la mano de la inseguridad frente a mi nuevo destino. En casa el ambiente no era festivo, con la salvedad de la alegría que sentía tito Antonio, a nadie parecía importarle que fuera a desposarme. Tal vez fuese la falta de novedad ante el evento lo que les provocase a todos cierta indiferencia hacia mi futuro título de "señora de". Fui la última en pasar por el altar. Sí, quizá fuese eso, que habían sido demasiadas bodas las celebradas en casa, o tal vez el que yo había tenido la desvergüenza de pensar en mí y saltarme los planes de futuro que usted escribió. En ellos yo estaba destinada a cuidarla, a permanecer a su lado, a ser la solterona solitaria de nuestra gran familia. Porque, ¿quién iba a querer a una contestaría como yo? A una mujer que odiaba los pucheros, a la que las agujas le producían urticaria. Una mujer que usaba vaqueros y alpargatas en cuanto se la perdía de vista, que sólo utilizaba sujetador en ocasiones concretas. Una mujer que se emocionaba con las páginas de "Así habló Zaratustra" como si éstas fuesen el manual de patrones de la revista Vogue y que, contraviniendo los usos y costumbres sociales y católicos, sobre todo católicos, había perdido la virginidad años antes de casarse, y lo había hecho con un hombre del que ya no recordaba ni el nombre. Pero ahí estaba Carlos, ése alguien con el que usted no contó, el pupilo perfecto de Murphy, dispuesto a demostrar que si algo puede salir mal, saldrá mal. Eso fue lo que usted le dijo cuando él, inocente, le manifestó sus honestas intenciones.

Todos los días importantes de mi vida están pasados por agua y aquel no fue una excepción. Llovía, a mares. Una borrasca se había instalado en la península, al parecer de forma eventual pero preocupante, ya que su insistencia en permanecer sobre la piel de toro estaba dando al traste con las previsiones meteorológicas. Mientras, yo, abstraída por el ruido de la lluvia que golpeaba sin piedad el tejado, me imaginaba entrando en la iglesia empapada hasta las trancas. Con el traje blanco pegado a mi delgado cuerpo, chorreando. Con el moño desecho y el rimel negro corriendo por mis mejillas. Sosteniendo el velo mojado y dirigiéndome hacia el altar acompañada del ruido acuso que provocaban mis zapatos de piel. Aquello, unido a mi flaqueza y desgarbo me hacían verme muy semejante a la protagonista del cuento popular ruso-judío del siglo XIX, que de forma extraordinaria adaptó Tim Burton en su "Novia cadáver". En realidad yo no estaba muy alejada de los personajes del director estadounidense. Era tan inadaptada y enigmática como ellos. Tan extraña y romántica como "Eduardo manos tijeras", por ello, aquel día, cuando miraba a mi alrededor, más de una vez me dieron ganas de ser una novia más a la fuga.

El traje blanco permanecía colgado del techo del salón y Tonka ladraba incansable, casi neurótica, intentando hacer de él su última captura. De vez en cuando giraba su cabeza de cachorro hacia nuestros ojos. Sus orejas, tiesas y perfectas, se movían ávidas de algún gesto que indicase nuestra decisión de acabar con sus protestas, dándole, al fin, aquel cuerpo rígido, hueco, lleno de volantes, cargado de almidón que haría de mí, según decían todos, la reina de la fiesta. Tras unas cuantas horas de ladridos y reprimendas por nuestra parte, Tonka, finalmente comprendió que su capricho, saltándonos lo habitual, no iba a ser concedido y, como buena hembra, decidió vengarse de nuestra indiferencia haciendo un pis sobre el inmenso velo que aún no había sido puesto a salvo. ¿Recuerda el disgusto? ¿Recuerda el socorrido "*jabón de lagartija*"? Así llamaba tito Antonio al jabón Lagarto. Él fue el único que no perdió los nervios.

Se levantó y, sin dar explicaciones, metió el velo en el lavabo y frotó la mancha amarillenta. Tito Antonio nunca se llevaba las manos a la cabeza, jamás se alteraba, de ningún modo perdía la compostura. La serenidad era su máxima en la vida y ello le dio un protagonismo dentro de la familia del que, sin lugar a dudas, era merecedor.

Camino de la iglesia, abordo de su precioso taxi —*SEAT 1500 negro*— con aquella raya roja que lo recorría de lado a lado a modo de un gran hilván, me sentí transportada a una dimensión donde todos los tiempos verbales se hicieron uno. El taxímetro estaba roto. Tito Antonio me había prometido que lo arreglaría, el día antes me dio su palabra, pero él es un desastre, ¡siempre lo ha sido! Aquel día la bandera de su precioso utilitario dedicado de ordinario al servicio público, seguía fija, era imposible bajarla sin cometer un desaguisado, por lo que desistimos. El marcador, durante todo el recorrido, fue saltando incansable, peseta tras peseta, como si estuviera poseído por la mente de un avaro. Los números corrían a la velocidad de un minutero histérico, descerebrado. La carrera ascendió a mil duros. Desde los primeros cinco duros, hasta que el condenado marcador llegó a su fin, gracias a la parada del motor, el soniquete se hizo tan regular, tan constante, tan insoportable que produjo en todos un principio de paranoia. Sin embargo aquello no fue lo peor del camino hacia el altar, lo menos llevadero fue el incansable y constante trasiego de gente que levantaba la mano con entusiasmo y alivio, pensando haber dado caza, por fin, al ansiado taxi en un día de lluvia. La expresión de mala uva que reflejaban sus caras al observar que el vehículo no reducía la velocidad al aproximarse, el cambio evidente de estado de ánimo al verme tan mona, tan tiesa, tan antinatural, tan novia:

—Mira... Mira, mira, es una novia.

Todos adquirían una sonrisa dulce, demasiado empalagosa, que les hacía parecer un poco tontos. A través de sus expresiones me llegaba la añoranza de algunos y las esperanzas de otros. Esos otros, casi todos, eran mujeres empapadas de juventud. Ahora, mi mirada se confunde con la de ellos cuando observo en alguno de los parques de mi ciudad, a una pareja recién estrenada de titulo, que no de pareja, casi estáticos frente a un fotógrafo que trabaja convulsivamente.

El camino hacia el altar fue algo que no debería haberse perdido. Pero, de nuevo, su excesivo celo la hizo ser esclava y madre al tiempo dentro de aquella furgoneta llena de accesorios del primer nieto, cambiando pañales, ayudando a Carlota durante las tomas. No sé cómo, ni por qué, pero siempre hubo alguien delante de mí, gozando de prioridad. A pesar de haber pedido la vez con mucha antelación, a mí nunca se me llegó a despachar. A mí, sencillamente; se me despachaba.

Aquel día, el de mi casamiento, también esperé. Dejé pasar mi turno de nuevo y... ¡la eché en falta! Noté el vacío de su presencia junto a mí. Fue la misma sensación de soledad y vértigo, de ahogo que sentí en todos aquellos meses de exámenes, de enamoramientos y desengaños. Ese tiempo empapado de nostalgia que algunos llaman adolescencia.

Padre, entonces ya no estaba; se había ido. Su recuerdo viajaba reflejado en el cristal del espejo retrovisor, prendido en la mirada gemela de los ojos de tito Antonio. El aire que entraba por la ventanilla delantera me susurraba sus palabras cálidas y tranquilas. Al pasar junto al cementerio invadido de mármol, lleno de cruces y oraciones mudas, al tomar la curva hacia la comarcal, los cipreses inclinaron sus ramas y el aire preñado del seco aroma de los crisantemos, teñido del color amarillo de los Liliums, llevó mi mirada hacia la inconsciencia, atravesé la razón y vi sus ojos mirándome, burlando con su deseo el paso del tiempo, poniendo en tela de juicio la inexistencia. Sí madre, le vi mirarme y sonreír. Estaba junto a los claveles que usted le había colocado el día anterior sobre la tumba. Levantó su mano y se llevó los dedos a los labios. Jamás le hablé a usted sobre ello. ¿Para qué hacerlo? Sabía su respuesta: *«El diablo juega malas pasadas, olvida esas visiones, son una de sus muchas artimañas. Pero, además, tendrías que ir al médico. Jimena, si algo así se vuelve a repetir, deberías visitar al párroco y al doctor»*

11

Toda la ceremonia la pasé con un fuerte dolor abdominal. Mi vejiga estuvo a punto de reventar. La necesidad vital que sentía por ir al baño se convirtió en una obsesión que copó mi atención. No oía, no veía y empezaba a rozar el fino hilo que separa la realidad de la alucinación. Por no citar la postura antinatural e inapropiada que había adquirido justo a la mitad del sermón, del que no escuché ni una palabra. Si hubiera estado embarazada, estoy convencida de que alguien habría llamado a los servicios médicos de urgencia pensando que la expresión de dolor que se reflejaba en mi cara era la señal inequívoca de un parto inminente.

Como bien dice usted: casi todo tiene su parte gratificante. Sin proponérmelo creé una anécdota que pasaría a la colección particular de la familia y que, como tal, sería repetida en cada encuentro hasta la saciedad; hasta el aburrimiento. Algo comprensible ya que ni yo misma puedo recordar mi boda sin que regrese a mi memoria la imagen del párroco haciendo la pregunta de rigor. La expectación de todos ante mi respuesta, ante la confirmación oral por mi parte de ser la esposa fiel, eterna, esclava, desinteresada y sumisa, que la institución del matrimonio exige. Los días, las infinitas horas que pasé ensayando aquella frase para que una estúpida incontinencia urinaria me chafara mi debut en público:

—Sí... ¡quiero ir al baño!

La carcajada fue unánime.

A pesar de los peros, que fueron unos cuantos, aquel día fue especial, difícil de repetir y grato de recordar.

Como sucede en todas las bodas la algarabía invadía el aforo. El olor a puro y tabaco rubio se hacía dueño del salón, de los pasillos y los baños. Los carajillos iban de mesa en mesa y los mozos y mozas se reunían para conseguir la mejor pieza para la subasta y así, mediante la oferta de sus pedazos, recaudar un dinero extra para nosotros. Por aquel entonces, Carlos ya empezaba a dar muestras de su innata terquedad y, dejándose llevar por ella, decidió no cambiar la corbata de marca francesa por la horrorosa pero baratísima que había comprado, especialmente para la ocasión, mi bien avenida y santa suegra. Aquel trozo de tela, valorado en muchos duros, fue vapuleado, desgarrado y repartido, de mesa en mesa como un jabalí durante un banquete del medioevo. El valor de la corbata se recaudó multiplicado por dos. Yo no soy partidaria de esos usos y costumbres. Hubiera preferido guardar la corbata en mi adorado arcón ya que, como supuse en aquel momento, y bien supuesto fue, Carlos no pudo comprarse una corbata de firma en mucho tiempo gracias al sangrante préstamo hipotecario que firmamos llevados por la necesidad de casa propia.

De vez en cuando miraba a Carlos buscando una ventana en sus ojos por dónde escapar de aquel lugar, un horizonte en donde encontrar respuestas a muchas de las preguntas que me contrariaban, un gesto suyo que me diera sosiego. Él, cuando los invitados le dejaban un minuto, me dedicaba una sonrisa y esa mirada especial y diferente que sólo volvió a dedicarme cuando nacieron nuestros hijos.

Después de aquello pasaron los días, los meses y, junto a ellos, llegaron los espacios indefinidos, incontables; tan monótonos como insoportables. El tiempo joven envejeció sin tener la delicadeza de pedirnos permiso. Se convirtió en un tiempo de adultos para adultos. Comenzó a correr más rápido; se hizo veloz. Despreció nuestras necesidades, todas esas cosas que queríamos hacer. Todo comenzó a pasar por nuestro lado obviando nuestra presencia. Sin darnos cuenta nos convertimos en lo que nunca quisimos ser. Sin pensarlo, aprendimos a pensar, adquiriendo la necesidad de hacerlo. El mar, aquel mar de nuestra juventud; también se fue. Se fue con nuestra libertad, con aquella libertad efímera, con aquella manera especial de ser y de vivir. Ese mar de libertad se fue de nuestras vidas para no volver; porque era un mar de noveles, lleno del agua de la inexperiencia, exento de miedo, carente de responsabilidad, estéril de problemas; preñado de ilusión.

12

Durante dos largos años me dediqué a ir adaptando mi nuevo hogar a nuestras necesidades cotidianas, aunque más preciso sería decir que yo me adapté a él porque no tenía de nada. Decoré y amueblé la casa poco a poco, a medida que las pagas extras nos iban permitiendo comprar muebles y electrodomésticos. Tuve que hacer acopio incluso de la ropa del hogar, porque, saltándome una vez más las normas y usos sociales, familiares y "culturales", me casé sin apenas un duro en los bolsillos. Con cuatro utensilios domésticos, entre los cuales la cama de matrimonio fue una excepción porque fue lo único que compramos al comenzar nuestra relación. Contraje matrimonio con los bolsillos llenos de ilusión y sin ajuar, ese equipaje que toda novia que se precie va recopilando desde su más tierna infancia. Pero..., ya sabe usted, madre, la falta de posibles y el hecho de que yo nunca iba a desposarme, me dejaron, una vez más, fuera de sus previsiones.

Hasta mis nuevos vecinos se asombraron durante el traslado al ver como una de las cajas que yo arrastraba con esfuerzo por la acera se abrió y dejó al descubierto mi verdadero ajuar. Cientos de libros y discos de vinilo se precipitaron sobre los adoquines. Aún los conservo como lo que son: un tesoro. Las tres cajas restantes contenían lo mismo, a excepción del baúl en el que iba la ropa y en la caja donde se hallaba una precaria, horrorosa y mermada vajilla del espantoso Duralex transparente. En ella cualquier plato, incluso la mayor de las delicatessen, perdía su magia. Tres sartenes viejas; dos pucheros de aluminio, una cafetera de 4 tazas, tres toallas, dos sábanas encimeras y dos bajeras más una colcha y dos mantas fue mi único equipo. Ni tan siquiera teníamos lavadora y menos aspirador. El frigorífico lo compramos el primer año de matrimonio, con las pagas de julio. La televisión aún estaba pendiente de ser nuestra, así lo atestiguaban las veinte letras que nos quedaban por ingresar.

A pesar de todo, durante un tiempo, fui feliz, muy feliz. Lo fui sin un cuarto en los bolsillos; madrugando, limpiando los fines de semana, asistiendo, por imperativo legal, a las monótonas y consabidas reuniones familiares todos los domingos. Escuchando, día tras día, la famosa preguntita: Y, ¿para cuándo el niño? Aprendiendo que, a pesar de que pusiese empeño en hacer todo lo mejor posible, en agradar a todos, incluso renunciando a mí misma, jamás sería tan perfecta, tan intachable, como el resto de hijas o nueras. A veces me sentía tan fuera de lugar que llegué a pensar que mi vida había estado mal encaminada. Debía haberme dedicado de lleno a los libros de cocina o haberme apuntado a algún club "marujil" emparentado con la *Sección femenina* de la Falange, en vez de perderme dentro de *El contrato social* o *La teoría de las especies,* que me habían convertido en una completa inútil en del ámbito doméstico y familiar.

Paulatinamente fui sintiendo que la vida se me escapaba. Se me iba sin vivirla, sin habitar cada uno de sus instantes, de esos momentos irrepetibles e irrecuperables. La química que había entre Carlos y yo, en los comienzos de nuestro matrimonio, pasó a formar parte única y exclusivamente del bote de Ajax, la lejía, o el detergente para la ropa. Nuestros respectivos trabajos nos tenían tan invadidos que cuando nos reencontrábamos lo más inmediato y vital era dormir.

Creo que entonces, en aquellos días, fue cuando comenzamos a ser unos completos desconocidos que vivían juntos y tenían planes de futuro, pero que apenas se relacionaban más que lo necesario para que aquello, nuestro matrimonio, siguiera funcionando.

Cuando la química voló, llegó el tiempo en el que los sentimientos invernan. Las paredes recién decoradas cogieron solera, antigüedad. En los cuadros ya no había pinceladas por descubrir. La mirada, nuestra mirada, se perdía en una búsqueda peregrina, angustiosa y vital por encontrar algo nuevo, por volver a sentir.

13

Al cansancio y el desorden emocional de ambos, le siguió la intolerancia, la falta de empatía mutua. Aquel maravilloso lunar de mi pómulo que tanto le gustaba a Carlos, que piropeaba con ingenio, se convirtió en una espantosa verruga que, según él, crecía con cada uno de mis mosqueos. Cuando me dijo aquello, sólo me faltó la escoba para ser una auténtica bruja. Después, sus ronquidos comenzaron a molestarme de tal forma que, tras varias noches durmiendo en la habitación aledaña, viendo como él ni se alteraba, como descansaba plácidamente, enrabietada, me planteé una denuncia en el departamento de medioambiente o propinarle un susto repentino que terminara con aquel ruido de una vez por todas. No lo hice por miedo a que le diera un infarto. Tras aquello llegaron las broncas por los insultantes y minúsculos pelos de la barba repartidos por el lavabo y sus aledaños. El mosqueo al ver diariamente los calzoncillos del revés, inmóviles, mostrando sus costuras, desmayados ante mis ojos en el lateral de la cama. Los zapatos repartidos, como si de mojones se tratara, en cada rincón del dormitorio, mientras el zapatero se mostraba vacío. Me ponía enferma su insultante desidia, su descaro, su pasotismo, ante las tareas cotidianas que, gracias a mí, mantenían nuestro hogar en condiciones salubres. Él no entendía que hubiera que fregar; pasar el polvo, retirar los productos caducados de la nevera y los armarios, tirar la basura a diario, colgar las corbatas y los trajes. Ni tan siquiera encontraba el cesto de la ropa sucia que yo había colocado estratégicamente a la derecha de la bañera, para que no hiciese más esfuerzo que estirar un brazo y dejar caer la muda. Y lo más terrible era la carita de niño bueno, de no haber roto nunca un plato, del típico turista despistado que no entiende el idioma en el que le hablan, que ponía cuando yo le abroncaba. Carlos, no parecía comprender, o no le interesaba hacerlo, que a mí me molestaba tanto o más que a él hacer todas aquellas labores, y que no me quedaba otra si quería tener la ropa limpia, comida en la nevera... Su máxima era: *«Deberías tomarte todo con más calma.»*, su máxima y su única solución.

Así, tacita a tacita, terminamos firmando una declaración de guerra. En aquella época fue cuando dejó de llamarme por mi nombre y me puso el apelativo de "*obsesión*". Nunca me molestó, no lo consideré un insulto, ni tan siquiera un adjetivo calificativo, más bien, lo identifiqué como el sentimiento que yo creaba en él. Era evidente que yo le obsesionaba y..., me gustaba. Ser la obsesión de alguien era divertido, aún más cuando, en aquel momento, lo que yo deseaba era "ser algo", significar algo para alguien; aunque fuese una obsesión. Él, constantemente, ha manifestado que aquel apelativo era el más idóneo para describir mi estado permanente de ánimo en aquellos días. Quiero seguir pensando que miente.

Creo que fueron seis meses lo que tardó en desencadenarse la primera crisis. Seis meses de éxtasis, y seis de desintoxicación del éxtasis anterior. Durante ellos, Carlos, puso, al igual que yo había hecho con él, todos mis defectos al descubierto, intentando fastidiarme. Yo dejé que creyera que lo hacía. Digo, creyera, porque mis usos y costumbres estaban asumidos desde hacía años y, por lo tanto, conocedora de mis pequeñas anomalías las había hecho parte de mí. No era nadie sin ellas. Él no me contaba nada nuevo, ni tan siquiera había comenzado una guerra, aún estaba preparando la estrategia, una estrategia que yo abortaba cuando se me ponía en la punta de la nariz.

Usted, madre, nunca supo nada. No tuve fuerzas para llamarla. Su vida seguía ausente de la mía. Pensé en llamarla, pero no lo hice. Sabía sus respuestas, sus soluciones, porque, conociéndola, serían soluciones rápidas y concretas las que me daría y yo, madre, no buscaba soluciones. Yo, como tantas otras veces, necesitaba que usted me escuchara, que se perdiera en una taza de café caliente, que sus ojos se nublaran frente al humo de mi cigarrillo, que el puchero humeante dejase de ser la pieza clave que siempre colmó su atención. En aquellos momentos me sentía excesivamente débil para recibir su desaprobación, que me habría hundido aún más. Sé que usted no habría entendido mi postura, mis reivindicaciones, usted habría defendido a Carlos. Él era el hombre, el hombre de la casa. Aunque yo también trabajase fuera y pagase las facturas; él era el hombre.

14

La decisión de acabar la carrera de farmacia, de dedicar mi sueldo a pagar a una asistenta que supliera mis quehaceres, infravalorados por Carlos, fue uno de mis mayores aciertos, algo de lo que me siento orgullosa. Y a pesar de que en el ámbito profesional no me haya servido para nada, sigo estando orgullosa de ello. En cierto modo lo hice por padre. Siempre me identifiqué con él, soy la que más genes suyos lleva. Fue tanta la simbiosis, el paralelismo que existía entre los dos, que incluso heredé su capacidad de predicción y sus visiones. Esas visiones que usted repudia de mí, que califica de alteraciones de conducta o artimañas del diablo.

Aún recuerdo como dos días antes de aquel terremoto nos hizo retirar todos los objetos que pudieran caer al suelo. Como encerró el ganado en la cuadra, mientras usted rezaba, rosario en mano, por su alma de pagano. También la visión de Paula, la hija de Fernanda, tres días después de su desaparición. La vio frente a él mientras el ganado pastaba en la ladera del monte. Vestía como un muchacho, con aquellos pantalones bermudas, los zapatos de cordones y el pelo desgreñado. La muchacha, sin mediar palabra, le condujo hasta el pozo donde se encontraba su cuerpo despeñado. Usted nunca creyó que padre había visto el fantasma de la joven, siempre mantuvo que él había encontrado el cuerpo por casualidad. Padre ni tan siquiera se molestó en rebatir su opinión, su postura, sencillamente, calló, como siempre, como solía hacer.

Aquel año, cuando decidí matricularme en la facultad, volví a verle. Fue después de dos semanas afrontando la peor de mis crisis conyugales. Era una mañana de sábado cualquiera, serían las siete y yo, como de costumbre, deambulaba por la casa con cara de insomne. Carlos dormía, dormía y roncaba plácidamente en el dormitorio. En el salón los libros se apilaban sin casi espacio. Siempre me ha faltado espacio para colocar todos mis libros, pero en aquella ocasión el desastre era manifiesto y, en cierto modo, premeditado. Durante varios días había ido dejando los ejemplares que leía o consultaba en cualquier sitio, por lo que el suelo, la mesa y el sofá, estaban prácticamente copados por la literatura. Lo mismo sucedía con el resto de los habitáculos, el desorden reinaba en cada uno de ellos. Lo hacía sin que me perturbase lo más mínimo el que no hubiese ropa limpia, comida en la nevera o en la despensa, o que la capa de polvo tuviese un grosor digno de pasar a los libros de historia. Despeinada, con el único atuendo de las braguitas y una camisola, iba de un lugar a otro, abstraída en mis cavilaciones que giraban en torno a una única pregunta, una pregunta cuya respuesta no me atrevía a articular: ¿Qué hago aquí? Me puse un café caliente en el único vaso limpio que quedaba y me dirigí a la estantería del salón. Quería volver a leer *Cien años de soledad.* Necesitaba reencontrarme con el gitano Melquíades y plantearme, una vez más, por qué sus predicciones eran invariables, por qué el destino no podía cambiarse. Sentí aquella necesidad después de ver cómo mi casa iba degradándose, como herida de muerte por mi angustia y mi dejadez, perdía cualquier señal de estar habitada. La desidia que invadía mi hogar se asemejaba en parte a la obra de Márquez. En ella, la vivienda familiar refleja los estados de ánimo de sus habitantes. Cuando los personajes son atrapados por sus propias ideas, cuando se cierran al mundo exterior, la casa se muestra descompuesta. Por el contrario, cuando se abren la casa está cuidada y rebosa armonía. Miré a mi alrededor con la novela entre mis manos. Pensé en mi pasado y mi futuro. Entonces cuestioné la decisión del gitano, de Melquíades. ¿Fue justo no dando a conocer el futuro? Si lo hubiese hecho, el destino de los personajes habría cambiado, igual que lo habría hecho el mío de haber sabido lo que me esperaba. Aunque, pensé, tal vez, si hubiese sido así, también estaría previsto y todo habría sido igual: invariable.

Con cierta sensación de impotencia me dejé caer en el sofá. El libro sobre mi pecho, el café humeante en mi mano derecha y la vista clavada en la calle, por donde ya empezaba a caminar gente con el periódico, los churros o el pan bajo el brazo. Una vez más volví a hundirme en la apatía, a dejarme estar. Cuando lo hice, cuando mis pensamientos volvieron a estancarse en el mismo lodazal, un libro cayó al suelo desde el estante más alto. Era *El Quijote.* Al caer se abrió. Lo miré con desgana. Ni tan siquiera pestañeé. No me moví hasta que un olor a campo, a hierba recién cortada, me llegó desde el pasillo. Giré la cabeza y allí estaba padre, señalando sonriente el libro que estaba en el suelo. Fui a levantarme para dirigirme hacia él, pero su imagen desapareció. Cogí el libro tal y como había caído. Uno de los párrafos estaba subrayado:

«Déjalos que se rían, Sancho, a nosotros siempre nos quedará la gloria de haberlo intentado...»

La gloria de haberlo intentado, me dije a mi misma. Sonreí y busque un hueco en mi agenda laboral para ir a matricularme a la facultad.

15

Los años nos envejecen, arrugan nuestra piel, nos desgarran el alma. Desvelan todos los rincones que permanecen ocultos en nuestro sentir. Destapan los pozos negros de nuestra conciencia. Nos dejan ver los precipicios escondidos en las llanuras, camuflados en la fantasía de la ilusión y, entonces, todo comienza a parecer lo que es. Entonces es cuando emprendemos esa absurda carrera contra el tiempo, olvidándonos de que hemos empezado a correr a destiempo.

Mientras la gente se amontonaba en los pasillos y los todavía desconocidos talentos iban de un lado a otro con paso firme y seguro, la angustia se instauraba en mi estómago. Las pócimas para la acidez gástrica que entonces se utilizaban pasaron a ser una parte de mi organismo. Mi sistema digestivo las hizo tan suyas, las tomó tanto cariño, que tardé varios años en poder prescindir de su consumo.

Poco a poco me sumergí en el mundo de la ciencia y el saber, en el que algunos se establecen como reyes, sin esfuerzo, sin derramar ni una gota de sudor. Yo, sin embargo, no derramaba sólo sudor, era también sangre lo que se escapaba por cada uno de los poros de mi piel. Me devanaba la masa encefálica en busca de esa estúpida neurona que no me dejaba memorizar con normalidad. Carlos decía que era culpa del café, del tabaco y de mi estúpida manía de aprender todo sin discernir. Por más que intentaba explicarle que mi carrera se basaba exclusivamente en memorizar, nunca conseguí que lo entendiese.

Al fin conseguí el título, aquel preciado pedazo de papel que aún hoy no sé dónde guardé llevada por el pánico a que Carlos tomara la decisión de enmarcarlo para más tarde, cumpliendo su deseo de ostentación, dejarlo expuesto en nuestro salón. Yo era lo que era y a nadie más que a mí le interesaba.

Después de varios intentos frustrados por ejercer me di cuenta de que el puñado de años de estudio y sacrificio sólo me facultaba para despachar ansiolíticos, analgésicos y un sinfín de tiritas, aerosoles y preservativos. Eso sin citar la gran variedad de material cosmético innecesario que ha pasado a formar parte del stock de las boticas. Pero la necesidad era un hecho. Durante un largo e interminable año mis ojos se atrofiaron intentando descifrar lo indescifrable hasta que conseguí doctorarme, eso sí, de forma no oficial, en caligrafía preescolar. Ni un garabato se me resistía; era la mejor de la plantilla leyendo recetas.

Mi nueva situación anímica cambió la de Carlos. Aprendió a manejarse en la cocina, descubrió que la ropa no se lavaba sola, ni la nevera se llenaba por arte de magia. Comenzó a compartir conmigo sus desequilibrios laborales e incluso comentaba las noticias económicas que leía en aquel periódico que para mí estaba escrito en arameo y era más tedioso y aburrido que los domingueros partidos de fútbol. Jamás entendí qué sentido tenía ver a un puñado de hombres correr detrás de una pelota. Nuestra vida dio un giro de ciento ochenta grados. Dejé mi trabajo de oficinista, en el que me sentía desubicada, por el de dependienta de farmacia. No ganaba en sueldo, no ejercía, pero me sentía realizada.

Había dejado de traicionarme a mí misma.

Después..., llegó él.

16

Adrián se instaló en mi interior sin darnos opción a pensar, sentir, o simplemente divagar en cuanto a la idea de tener nuestro primer hijo, al menos así fue para mí. Imagino su expresión al leer estas palabras. El descontento frente a mi consternación. Sé que usted nunca podrá entender el porqué de mi desidia inicial, las pocas ganas que tenía, en aquel momento, cuando había encontrado mi libertad, de ser madre.

Antes, los hijos no se programaban, venían cuando tenían que venir. Pero casi siempre venían demasiados, sin un receso amplio entre embarazo y embarazo que dejase espacio para pensar; para uno mismo. Entonces, el no estar preñada era un estado anormal que había que solucionar con urgencia dando lugar a un nuevo embarazo, así hasta que los óvulos dejasen de existir, hasta que el vientre ancho y cálido de la mujer quedase yermo. El útero, esa gran cuna de vida, se encogía, silencioso, triste; sin saber qué hacer. Sus paredes encalladas por las idas y venidas de tantos hijos comenzaban a llorar. Lloraban por el anhelo, por la carencia, por la costumbre aún no olvidada que fue su hacer constante. Por esa facultad de acoger para crear. Lloraba hasta quedar reseco y quebradizo, estéril de costumbre; que no de necesidad. Pero antes madre; es pretérito.

Durante los primeros meses de gestación, mis hormonas me dieron más de un problema. Tomaron posesión de mis sentidos, de mi forma de vivir, cambiando mi entorno y trasformando mi carácter. Me hubiera gustado tener antojos, esos antojos traicioneros que te permiten valer tu condición de estrella, de joven madre mimada, de esposa de anuncio de melocotón con nata degustado al amanecer. Haber conseguido levantar al nunca insomne Carlos, en una noche de enero, gustoso, sonriente, dispuesto a complacer mis ganas locas y absurdas de un chocolate con churros a las cinco o las seis de la mañana. Deseaba gozar de la salvedad de mi embarazo para poder fastidiar, siempre me divirtió fastidiar. En aquellos momentos, he de reconocer, me apetecía más que nunca. Sin embargo, no tenía fuerzas ni para abrir la boca. Cuando lo hacía, era sólo y exclusivamente para vomitar. Lo único que pude obtener del futuro padre fue que se acostumbrase a la carrera rápida, a contrarreloj, que yo emprendía llevada por la eventual intolerancia alimenticia a la que estuve sujeta durante los tres primeros meses de embarazo.

Mi contrato eventual en la farmacia duró el tiempo estipulado, un año. Los motivos de la no renovación fueron que la plantilla iba a reducirse, pero era evidente que mi embarazo había tenido mucho que ver; todo. Carlos tomó la noticia con una calma chicha que me sorprendió. No le importó que no me renovasen el contrato, insistió en que no iniciase trámites legales contra ellos, a lo que yo estaba dispuestísima. Dijo que era sembrar en terreno baldío porque mi contrato era eventual y no había nada qué hacer al respecto. Pero sus planes iban más allá de lo que yo imaginaba en aquel momento. La situación en su empresa era boyante y él había conseguido establecerse muy bien. El ascenso estaba en puertas y nada mejor para él que no tener preocupaciones añadidas que le restaran tiempo a su nueva situación laboral. Al nuevo puesto de ejecutivo que ya llevaba su nombre y apellidos. Un cargo que le exigiría una jornada a tiempo completo; sin obligaciones ni ataduras de ninguna condición. Él no podía perder ni un minuto en fiebres, pediatras o bajas imprevistas de la canguro. Si yo seguía trabajando era evidente que tendríamos que compartirlo y aquello era inviable. Por lo que mi despido le evitó tener que planificar, con sumo cuidado, la propuesta que debería hacerme para convencerme de que lo mejor, dada su nueva situación, era que yo dejase mi trabajo. Algo que él ya tenía casi pergeñado. Llevaba maquinándolo desde que el test dio positivo.

A pesar de todo me apunté a las listas del paro. Envié una veintena de currículo y fui a una cincuentena de entrevistas, pero en el momento que veían mi avanzado estado de gestación, me pedían el teléfono y decían, con una sonrisa de oreja a oreja, que me llamarían. El teléfono, como era de esperar, nunca sonó.

17

Cuando por fin parí aquel ansiado hijo y sus pequeños aullidos de cachorro humano entraron en nuestra vida, cambiando nuestro presente, consumiendo nuestro tiempo, coartando nuestra libertad, comprendí que el amor había vuelto. Entró en mi vida y, como tantas otras veces, me robó la libertad. Me tiranizó llevándose todo lo que hablaba de mí. Hizo garabatos sobre mi nombre, solapó mis necesidades con las suyas. Consiguió que volviese a mis fueros internos; que dejase de ser yo para dedicarme en exclusividad a él. Esta vez venía con diferente apellido. Era más ancestral si cabe, más profundo que el que yo había conocido. Se aprovechó de mi ignorancia y tomó posesión de mí. Poco a poco me fui sumergiendo en su vida, en sus necesidades, hasta dejar, una vez más, mis inquietudes morir.

Adrián creció feliz, hermoso, natural como la naturaleza, exigente de atención y cuidados como ella. Carente de principios, codicioso, y como todos: egoísta. Durante muchos años, tres, paré el tiempo. Me volví felizmente estúpida, monótona e imprescindible a tiempo parcial, una parcialidad con la que no había contado.

Envejecida, entubada por el amor materno, primerizo e incauto, me enredé en sus garras llenas de biberones y pañales por cambiar. Dejé que sus ojos negros traspasaran los umbrales de mi alma, haciéndome vulnerable a cada uno de sus llantos. Fui dichosa, a pesar de mis renuncias, a pesar de haberme dejado llevar, lo fui. Lo fui hasta que se fue.

Está amaneciendo, la noche ha pasado veloz, envuelta en estas confesiones que siempre quise hacer junto a usted. Cobijada por el maldito insomnio que compaña mi soledad desde hace años. Mi mano tiembla, ha sido demasiado tiempo el que he permanecido hablándola de mí, de lo que soy y siento..., de lo que fui; de esas pequeñas cosas que el tiempo arrastra aquí y allá.

Las estrellas se pierden sin que su luz se haya visto, cegada por otra luz artificial, por la que ilumina esta gran ciudad. Apenas quedan treinta minutos para emprender el vuelo que nos llevará a la gran presa, y más tarde a la ciudad que le da nombre, primer destino de mí anhelado viaje. Desde el avión, quizás vuelva a escribir, si las nauseas, el vértigo, o ese pavor que estalla dentro de mí cuando mis pies se separan del suelo, me deja. Si supero el cansancio de ésta sórdida noche de insomnio.

18

Asuán, a la que los griegos bautizaron con el hermoso nombre de Elefantina se alza valiente bajo los motores de este pequeño e inseguro avión. El cansancio ha hecho que mi sistema nervioso deje de funcionar con normalidad. Creo que, por ello, no he sentido vértigo.

Abajo, la gran presa de Asuán ahoga los gritos de furia, aún vivos, del gran Ramsés II ante la violación de su gran capricho: el templo de Abu Simbel, perdido en el desierto de Nubia. Los cuatro colosos se alzan victoriosos a salvo de las aguas del poderoso, del ancestral Nilo, desafiando con su belleza a la muerte. Intentando con su excelsitud rozar a Dios. Nefertari permanece inerte a lado de su señor. Viva, imperecedera en su templo de diez metros de largo, se deja imaginar hermosa a simple vista. Sufrida, inteligente, ávida de pasión, etérea y silenciosa dentro de mí. Sus grandes ojos toman los reflejos de los papiros, despojados en la prensa del azúcar y el agua que le da vida a esta planta de forma piramidal. El entrelazado de sus fibras se hace tenso, recio, inalterable, dando cobijo en su áspera superficie a la imagen de la perfección encarnada en un rostro de mujer.

El lago Nasser, hijo del progreso, hacedor de aldeas que se aferraron a su creación sabiendo en él su único salvador, muestra sus aguas dulces. Las montañas de arena acariciaban nuestros ojos, desbocando con su aterciopelado contorno nuestra imaginación.

El templo de Filae reposa seco en la isla de Egelika, a salvo de las aguas del magnánimo y a veces excéntrico Nilo. Sus pilones se levantan impolutos, perfectos, engañando al tiempo, guardando en sus paredes el secreto de la eterna juventud, quizás consagrada por las aguas llenas de vida de este gran río que amamanta impetuoso a su más amado hijo: el grandioso, el imperecedero Egipto. Atrapado por el tiempo y la imprecisión humana, se alza solitario *el gran obelisco incompleto,* el que hubiera medido cuarenta y un metros de alto y pesado mil doscientas sesenta y siete toneladas. Aquel gran bloque de piedra que la hermosa dama de *Egipto*, Hatshepsut, quiso erguir. Varias grietas aparecieron en su superficie y esto hizo que no fuese desprendido nunca de la gran masa de roca que lo circunda, convirtiéndolo, para mí, en el más bello de todos.

El brillo de *Venus* nos acompañará durante las primeras horas de navegación por el *Nilo*, entonces, madre, retomaré, una vez más, este monólogo.

19

Han pasado tres largas horas en las que este barco con forma de milhojas recorre el Nilo, el padre Nilo. El sol se va despacio, oscureciendo este horizonte dilatado. Sus largos dedos se agarran a la superficie del anhelante hijo de la mar, tiñendo sus aguas de naranja. Es un color tornasolado, pigmentado por la arena mágica del desierto que lo envuelve todo. A los lados, en las márgenes, los pueblos parecen deslizarse. Las pequeñas casas de adobe dejan al descubierto la magnitud y el triste esplendor de la pobreza. Las mezquitas se aproximan, asaltan los objetivos de las cámaras que invaden la superficie del barco. Las mezquitas están en todas partes; supermercados de la ilusión, sucursales bancarias de la esperanza.

Desde que embarqué, permanezco entre el grupo intentando conquistar el anonimato. Mi aspecto no es el de la clásica turista alegre, dicharachera, ávida de experiencias nuevas, de información. Mi aspecto y ánimo es...; terrible. Las horas de carencia de descanso han erosionado mi cuerpo y mi carácter. Todos parecen preocupados por mi aislamiento, por intentar averiguar la extraña falta de pareja en un viaje tan largo y poco habitual para realizar a solas. A diferencia de la mayoría, no he fotografiado absolutamente nada. No ha sido por falta de ganas, sino por el despiste crónico al que estoy sujeta desde que embarqué en dirección a este país. Un despiste y una desidia que han hecho que olvide la cámara en el hotel. Una desorientación anímica selectiva que sólo me permite recordar el pasado y perderme en el presente, y de la que me ha sacado la soberbia mirada del joven guía árabe que nos ha tocado en suerte. Nada más verle, madre, supe que era él, el árabe de mis lienzos. Él me ha traído hasta aquí.

Omar es nuestra voz en la oscuridad. Sus labios son los labios de la historia que hablan a nuestro conocimiento, haciendo que nuestra imaginación vuele con sus palabras, viaje a través de los siglos, respire el aire quieto del pasado. Cuando sus grandiosos ojos negros rozan los míos, me siento terriblemente dichosa. Cuando su cabeza gira hacia la orilla de la vida y su mano de dios egipcio se alarga señalando el horizonte, mi anhelo por oír su voz se agudiza. Omar sonríe. Dibuja en su cara la expresión de la alegría con cada una de sus escuetas explicaciones y, con ella, con su expresión, descarga un grito de ansiedad en mi delgado cuerpo. Omar es joven, fuerte, duro y un gran observador.

Siempre me atrajo lo desconocido, lo inalcanzable. Él se muestra lejano, ausente a mis inquietudes. Sus pensamientos esquivan mi análisis, permaneciendo vírgenes, infranqueables, sin cimentación posible. Mi curiosidad intenta invadir esa intimidad aparente, ahondando a través de su pupila, buceando en sus gestos, en el tono de sus palabras. Pero sus ojos de halcón vuelan alto. Su corazón parece agitarse ante la evidencia de una presa fácil, y arrulla mi grito con una sonrisa furtiva que no sé interpretar.

Es insólito, difícil de explicar el vértigo que siento, el acceso de locura que invade todo mi ser. La apetencia visceral, incontrolada, por entrar en su presente. Omar ha dado un sopapo a mi aturdido corazón. Ha oído mi sonrisa, ha pensado en mi pensamiento y hemos reído juntos sin saber qué decir. Ahora, deseo su cuerpo, anhelando que él, como predijo Sheela, también desee el mío. El viento desplaza mi pelo hacia atrás. Siento como observa mi mano, como roba mis gestos, como siente mi deseo; ¡es tan hermoso sentir!

20

El aire huele a tarde de otoño, a mandarina y papel. Como olía entonces. Como olía aquel día, en el que, Adrián, al quedarse en el colegio, por fin, dejó de llorar. Había crecido. La línea de su horizonte dejó de ser una vía pecuaria y se convirtió en una gran autopista por donde correr hacia confines muy alejados de los míos. En donde perderse, encontrarse, y volverse a perder sin que ello le supusiera ningún quebranto, ni la más mínima preocupación.

El agua salía por los caños de aquella horrorosa fuente que coronaba la plaza del barrio, y yo vagaba sin saber si ir a comprar el pan o echarme a llorar. Aún así, aún errante y sola, era un poco feliz. Sí madre, feliz porque mi niño crecía, pero, al tiempo, me sentía pavorosamente triste, un poco muerta. Aquellos días estuvieron llenos de horas yermas. Fueron estériles de gritos, de risas, carentes de expresiones; de sus irreemplazables expresiones que habían aminorado, hasta entonces, la monotonía que colgaba de las cortinas; que se empapaba del polvo acumulado en los estantes, la falta de conversación, de una mirada cómplice o una sonrisa a tiempo perdido, de todas aquellas horas de tedio y soledad.

La sonrisa cálida y complaciente, junto con el efusivo y apretado abrazo, con los que Adrián me obsequiaba a la salida de clase en cada uno de nuestros encuentros, fue convirtiéndose paulatinamente en un simple y despegado: ¡hola mami!

Mientras él estiraba sus brazos intentando en cada luna rozar el cielo, a mí, las estrellas fugaces dejaron de concederme deseos. Comencé a cerrar los ojos cuando su estela iluminaba el diminuto horizonte de mi terraza llevada por el temor de que algún pedazo de meteorito cayera sobre los insulsos geranios, que daban color a los ventanales ribeteados en PVC blanco. Por aquellas ventanas, se colaba el viento del norte, la brisa del verano y el silencio de las mañanas gemelas, imposibles de diferenciar una con la otra. Tan semejantes entre sí que llegaron a trastornar mi realidad. Poco a poco me fui construyendo un patrón a medida. Pespunteando entretelas, almidonando puños, cosiendo botones, diseñando disfraces, el pensamiento se me atoró.

El barco acaricia el perfil de la pequeña ciudad de Edfú. Debo dejar de escribir. Ra asoma sus dedos y escudriña en mi cuerpo. Aquí todo es diferente; él también. Ra se acerca insistentemente, olisqueando nuestra débil y foránea piel, arañando la superficie de nuestro cuerpo como un gran perro guardián que protege el templo de su amo. El agua fluye incansable y una de las frases que componen el himno al Nilo se instala en mis pensamientos durante su contemplación: ¡Salve Nilo!, resplandeciente río que das vida a Egipto entero.

A medida que nos aproximamos a Edfú, Horus comienza a dejarse notar. El viento parece batir sus alas invisibles, rápidas, perfectas, endiabladamente hermosas. Sus ojos de rapaz escudriñan en nuestro conocimiento lleno de una codicia de saber enfermiza y carente de tiempo. El gran dios halcón espera en su templo oteando siglo tras siglo el horizonte. Allí en Mamisi - el lugar del parto- renace día tras día.

Cuando la noche vuelva y Tot, el dios lunar, se haga dueño de mis palabras, entonces, madre, nos volveremos a encontrar.

21

En el interior del barco el aire es denso. Su olor me sumerge lentamente en ese pasado que, a pesar de haber muerto, se niega a dejar de existir. Es un fragancia impregnada de madera y agua, tan antigua como el mundo, y que, como él, esconde celosamente la formula utilizada en su creación. Semejante al perfume que tenían sus armarios, madre. Aquellos armarios que en el fondo de los estantes y los cajones estaban forrados de papel blanco. En su interior no faltaban pastillas de jabón de lavanda deslizadas por usted entre la ropa.

Recuerdo las tardes de octubre, el aroma que se escapaba por sus bisagras y que durante días permanecía impregnando nuestra ropa. Jamás ningún armario tuvo ese olor, esa fragancia entrañable, profunda, segura y familiar que habitó en los armarios de mi niñez. En sus cajones de madera de pino guardé las castañas del mes de noviembre, acericos llenos de alfileres para estrenar en abril y mis primeros poemas.

La encina, mi encina. Aquella áspera encina insociable y desconfiada que arañaba mi piel durante las escaladas constantes a las que era sometida en las tardes engalanadas con bocadillos de pan y chocolate, se quedó prendida en mis recuerdos, en mi carrera a lomos del tiempo. En esos días en los que aún no existe el miedo a envejecer. Años después, uno de sus frutos hizo posible que la sombra de mi infancia se volviera a instalar en mi jardín. Bajo la silueta de sus ramas, junto al ruido seco y punzante de sus hojas, volví a ver acercarse los inviernos, los tristes inviernos, esos que invaden mi reminiscencia, inacabablemente inacabados.

¡Dejé tantas cosas por hacer! Tantas palabras sin pronunciar, tantos besos por dar, tantos corazones sin labrar en su tronco. En ese tronco áspero y seco que aún sigue creciendo en nuestro jardín. En donde Mena, durante las horas más calurosas del estío, se cobijaba para pintar.

22

Me quedé embarazada de Mena cuatro meses después de que Adrián comenzará el colegio. El embarazo fue imprevisto, lo fue porque Carlos y yo atravesábamos una época en la que nuestra relación volvía a hacer aguas. Yo pasaba los días encerrada en una jaula de oro. Sin más compañía que mis novelas, la radio y un grupo de madres del colegio que sólo hablaban de los problemas escolares de sus hijos, del plato estrella de los domingos, de la depilación láser o de la confección de tal o cuál disfraz. Actividades, todas ellas, en las que yo era una completa inútil. También estaban los típicos rasgados de vestiduras ante la forma y manera de ser o de vivir de algunas de las mamás de los compañeros de clase de nuestros retoños. Cuando las reuniones emprendían camino por aquellos derroteros solía levantarme de la mesa con alguna excusa repentina y abandonaba, disculpándome, el desayuno o la merienda. Mis huidas repentinas me condujeron, durante mucho tiempo, a ser el blanco de cuantiosos y variados recelos.

Carlos permanecía sumergido en su reciente ascenso que nos permitiría pagar la totalidad de la hipoteca en un tiempo casi record para una familia normal. Su objetivo era vender el piso sin un solo recibo de préstamo pendiente y establecernos fuera de la capital. Siempre quiso vivir en un chalet, tener jardín y barbacoa, un jardín que jamás cuidaría ni disfrutaría. Debido a la lealtad y dedicación plena que profesaba a su empresa, en donde hacía de todo menos dormir, apenas nos veíamos. Una de las consecuencias del distanciamiento fue que nuestras relaciones sexuales se fueron reduciendo y alargando en el tiempo peligrosamente, tanto que a mí, las pocas veces que surgía, me costaba ponerme a la labor. Mis necesidades eran más anímicas que físicas. Mientras él se moría por ir al grano, yo mendigaba un simple y tranquilo abrazo. Una charla a la luz de las velas, oler su perfume mientras le acariciaba la nuca, sentir sus manos deslizarse por mis muslos con deseo pero sin ansía. Necesitaba volver a sentirme viva y deseada, no "cumplida". Volver a ser mujer, su mujer.

El cuidado de Mena y de Adrián durante su más tierna infancia fue lo que consiguió que no volviese a derrumbarme como hice en los comienzos de nuestro matrimonio. Fue lo que evitó que le enviase la cama de matrimonio y la muda por mensajero a la oficina; algo que reconozco se me pasó más de una vez por la cabeza. Aquello era lo único que le faltaba en el despacho para que éste fuese su casa.

23

Pasó demasiado tiempo hasta que nos establecimos en aquella urbanización, tan de moda y tan socialmente discutible, situada en la periferia de la capital. Mena y Adrián, despuntaban adolescencia y comenzaban a ver a los hombres y mujeres que tenían la edad de Carlos y la mía como viejos. Carlos, como de costumbre, viajaba; viajaba y viajaba, más que antes, más que nunca. Y yo esperaba; esperaba y esperaba, más que antes, más que nunca. Así, nuestra nueva vida, poco a poco, viaje tras viaje, se convirtió en un reencuentro que nunca llegó a conseguir que nos encontrásemos de nuevo. Caminábamos por el mismo sendero, pero perseguíamos un destino diferente. Yo, viajaba sola.

Adrián y Mena se habían instalado con éxito en aquel nuevo entorno social, socialmente discutible, al que habíamos podido acceder gracias a la movilidad territorial del nuevo, trascendental y bien remunerado puesto laboral de mi esposo.

A los pocos días de instalarnos en nuestra nueva casa, adherida a la de Remedios por el costado derecho, su encantadora y perfecta sonrisa atravesó las barreras arquitectónicas instalándose como un monumento municipal en el, entonces, desértico espacio de tierra que sería trasformado en oasis, en diminuta pradera de vistas compartidas y barbacoas incesantes, de olores tostados, y humo de carbón vegetal. Su hijo, Jorgito, ya andaba arrastrando su genial culete por los laterales circundantes a nuestro jardín. Incesantemente sucio, comenzaba a dar el visto bueno al cariñoso apodo con el que Mena le obsequiaría meses más tarde: Atilita rey de las plantitas. Jorgito escalaba con genialidad innata todos los obstáculos que encontraba en su camino. El camino diario que daba origen a la incesante poda manual, completamente artesanal, que practicaba antes de dar comienzo a la ingestión de todos los productos de la horticultura ornamental que Remedios había insertado en su precioso jardín. Insistentemente sometido a la agresión de su herbívoro cachorro. Él, Jorgito, sentía especial predilección por las margaritas blancas, que aderezaba con puñados de la tierra enriquecida por los sustratos que añadía Remedios todos los meses. A mí me encandilaba su carita de bebé malo y peleón, terriblemente desaliñado, arrastrando los lazos de raso azul marino, con los que su incasable y limpísima madre le decoraba como si fuese un pastelillo; porque, Jorgito, era comestible. Tan pequeño, tan flexible, tan inteligente, tan encantadoramente sucio, tan bebé. Remedios decía que le estaba quitando la vida, la vida y la belleza que siempre habían tenido sus manos. Para Remedios, la limpieza, el aspecto físico y las entrañables y cómodas barbacoas que aprovechaba para hacer en cuanto un rayo de sol acariciaba su jardín, eran la sal de la vida. Afirmaría que de su realización, en aquellos días, dependía el buen funcionamiento de algunas de sus constantes vitales.

Cuando retomo el pasado, su imagen me llega clara, estupenda, perfecta, exquisitamente vestida y maquillada, pertrechada tras el mandil rosa, estirando sus manos hacia la butifarra semi carbonizada. Remedios, era, y es, extraordinariamente simple, imposible de complicar. Es un don, siempre he pensado que es un don del cielo no ver más allá de tus narices.

A pesar de su verborrea materialista y sin sentido, me gustaba. Me volvían loca las estupideces constantes que decía, todas ellas, aderezadas con algún toque indicativo de su dominio del ingles "*achiclado*" que aprendió bajo la tutela de su avanzado papá, propietario de una cadena de embutidos, cuya especialidad era la butifarra, estrella indiscutible de las adosadas barbacoas. La grasienta butifarra de papá Fermín estaba exquisita. Doy fe de ello, ya que durante las reuniones vecinales, que se remontan exclusivamente a los inicios de la formación de la comunidad, todos tuvimos la oportunidad de darnos el sublime y gratuito atracón de rigor.

Sin Remedios, una parte importante de mi vida estaría vacía, carente de risas y simplicidades. Anónima del espíritu de la buena gente. Porque Remedios es, dentro de su ignorancia, extraordinariamente ingeniosa y divertida, pero, sobre todo, buena gente.

Durante muchas noches permanecimos juntas. Los plenilunios envejecían clareando el horizonte. En el jardín, los murciélagos volaban constantes, monótonos, con precisión absoluta sobre nuestras cabezas. Invadiendo el oscuro cielo, envueltos en la turbiedad del anochecer. El licor de bellota dejaba un vestigio de placer adherido a nuestros pensamientos y *Silvio Rodríguez* sonaba al fondo, en el hueco oscuro del salón. Su voz se mezclaba con el olor del jazmín mientras el humo de los cigarros garabateaba siluetas en el porche. Así, sus ausencias, las de ellos, las de nuestros maridos, se fueron convirtiendo en las nuestras. Juntas dejamos de mirar el reloj y el cielo inhóspito de la noche se hizo nuestro. Los deseos se pararon junto al porche y el ruido de las idas y venidas de los coches, que nunca paraban en nuestros garajes, dejó de hacernos daño. Durante aquellas charlas eternas de cafés y cervezas; empachadas de patatas fritas, en aquellas tardes de domingo, vacías de maridos, cargadas de niños, preñadas de la música de *Milanes y Silvio* nos convertimos en hermanas, hermanas de penas, de anhelos y carencias; cómplices en la soledad.

Hasta que él, guitarra en mano, se instaló en el chalet de enfrente.

24

Su llegada fue como asistir a la grabación de un spot publicitario en vivo. Como ver a Richard Gere interpretando a Mr. Jones en la escena en la que él pasea sobre un andamio a muchos metros del suelo, sonriente; firme, loco, rematadamente loco, y rematadamente atrayente. Se bajó de un Citroën 2CV amarillo, atestado de maletas y fundas de instrumentos musicales y sin vacilar se dirigió hacia nosotras, que permanecíamos en el porche mirándole fijamente, como si fuese una aparición. Ambas teníamos un colocón importante de licor de bellota. Nuestro estado de "alegría" no impidió que oliésemos su sensual perfume, que apreciásemos los músculos de sus brazos morenos, su encantadora sonrisa...

—¡Hola! —exclamó al tiempo que extendía su mano—, soy Andreas.

—¡Hola! —respondimos al unísono con cara de bobas, sin dejar de mirarle de arriba abajo.

—Tengo un problema —continuó con una media sonrisa en los labios que delataba cierta suspicacia—, hasta mañana no me dan la luz y pensé que quizás podríais dejarme unas velas...

No solo le dejamos las velas, también el licor de bellota, el chocolate y el maravilloso postre que Remedios había hecho en la mañana para su marido. El marido que, como el mío, había tenido el tradicional imprevisto que le obligaba a no volver hasta el día siguiente. Así pasamos la primera noche con Andreas, riendo hasta entrado el amanecer, hablando de todo, de lo divino, de lo humano. Con más licor que vergüenza en nuestras cabezas y volviendo a sentirnos vivas de nuevo.

Desde aquel momento compartimos todos sus ensayos en el garaje, sentadas en el suelo sobre una de las mantas que Andreas utilizaba para casi todo, porque Andreas no tenía mobiliario. En la casa sólo había un colchón en el dormitorio, varias cajas que empleaba para todo, como si éstas fuesen una herramienta multiusos, sus guitarras y el equipo de grabación.

Poco a poco el acercamiento entre él y yo fue haciéndose más evidente y Remedios comenzó a poner las típicas excusas para dejarnos el mayor tiempo posible a solas. Cuando reflexiono sobre la reacción que tuvo Remedios, aún me impresiona. Jamás le comenté la atracción que Andreas ejercía en mí. Nunca le dije que cuando él fijaba sus ojos en mis labios me hacía tiritar por dentro y que el más mínimo roce de sus manos me estremecía. Sin embargo, ella lo supo, creo que lo percibió desde la primera noche.

Durante dos largos meses compartí con él la creación de varias de sus canciones. Dimos largos paseos al anochecer, bajo la mirada inquisitoria de media urbanización y la mía pendiente del móvil por si Mena o Adrián me llamaban desde el internado inglés en el que Carlos se había empeñado en matricularles ese año. Hicimos la cena juntos, pusimos las velas sobre el viejo hule que protegía una de las cajas que hacía las veces de mesa y vivimos, vivimos como hacía tiempo que yo no sabía vivir.

Carlos, entonces, estaba en Londres, la expansión de la empresa le tendría tres meses en la capital inglesa, tres meses en los que los cimientos de mi vida estuvieron llenos de flores silvestres en jarrones, que adornaban el suelo vacío de la casa de Andreas por las noches. De velas que iluminaban cada rincón de mi alma, de Country, de Jazz, del olor que desprendían las varitas de incienso al quemarse, de las letras y acordes de sus canciones. De aquellas duchas juntos en las que nuestros cuerpos parecían uno. De sus manos frotando mis brazos con jabón bajo el agua que nos empapaba. De sus ojos pendientes de no perderse ni uno de los lunares de mi espalda. De aquellos maravillosos silencios en los que sólo nos mirábamos y que siempre acababan con un beso.

Cuando terminó, estuve varios meses perdida en un silencio que nadie notó, del que nadie, excepto Remedios, sabía el origen. Aún hoy, madre, cuando me pongo a esa costumbre malsana que tenemos las personas de rememorar los sinsabores, los labios se me cierran y me cuesta articular palabra sin que se me escape una lágrima.

Al volver mi marido de Londres tuvimos que reducir nuestros encuentros. Creo que Carlos jamás supo lo que había sucedido, y si lo supo o lo sospechó, no dio muestras de ello. A su regreso notó algo diferente en mí, pero, como solía ser habitual, le restó importancia; le dio la misma trascendencia que me daba a mí:

—Estás diferente —me dijo mirándome de arriba abajo—, ¿qué es?, ¿te has cortado el pelo? Pareces más joven —y siguió caminando con el trolley tras él hacia el dormitorio.

Dos semanas después del regreso de Carlos, Andreas desapareció de mi vida. Aún recuerdo aquella mañana con precisión. Me levanté, como de costumbre, sobre las siete. Era lunes. Me asomé por la ventana de la cocina, me puse un café y con el vaso en la mano salí al jardín para contemplar su coche aparcado en la entrada. Para ver como él, desde su cocina, levantaba la mano y me saludaba a la espera de que Carlos abandonase la casa para volver a reencontrarnos. Desde hacía meses aquella se había convertido en mi forma de comenzar el día. Pero aquel día él no estaba. En su lugar, sobre la persiana, había un graffiti de una mujer desnuda bajo la lluvia. Era yo. La contemplación del dibujo evitó que saliera corriendo y tocase el timbre con vehemencia. Levanté el teléfono y marqué el número de Remedios.

—Lo sé —dijo ella a través de la línea telefónica—, se ha ido. Anoche dejó un paquete en casa para ti. En cuanto vuelva de dejar a Jorge en la guardería te lo acerco...

En su interior sólo había un CD. En él estaba grabada la canción que compuso para mí, para la mujer de agua, como me llamaba. Nunca más he vuelto a saber de él.

Andreas y yo jamás hablamos de nuestra relación, de los porqués, del futuro... Nos dejamos llevar y sentimos juntos sin ningún tipo de prejuicios o ataduras. Él nunca cuestionó mi matrimonio, mi vida, el tipo de vida tan estática que llevaba. No formuló ni una pregunta, no hizo ni un solo comentario, ni me exigió nada. Aquella historia, nuestra historia, fue como las que surgen en los albores de la adolescencia, lo único importante era vivir y, en consecuencia, sentir. Jamás hablamos de su marcha, pero era algo evidente. Un futuro inevitable, porque él era un nómada, un nómada de sentimientos. Yo, un Drago milenario con demasiadas raíces emocionales que me ataban a un sinvivir preñado de sinsentido.

Cuando pienso, cuando le recuerdo, le imagino haciendo feliz a otra mujer, a una de tantas mujeres solitarias y mudas que se esparcen como flores marchitas por los confines del mundo. Le imagino partiéndose el alma por arrancarles un beso, una sonrisa, una confidencia a media voz y cabeza gacha. Y, no me duele saber que será otra a la que dedique sus carias, su tiempo, sus canciones. Lo único que me lastima, que aún me lesiona el alma, es no haber podido besarle antes de marcharse. Besarle una vez más.

25

Mi vida volvió de nuevo a sus cauces de abatimiento. Los niños regresaron del internado, Carlos seguía como siempre, pisando la casa exclusivamente para dormir y el dueño del chalet, en el que había estado viviendo Andreas de alquiler, decidió venderlo. Lo hizo una mañana de agosto, cuatro meses después de que Andreas se marchara. Durante aquellos cuatro meses, yo, todos los días contemplaba el graffiti de la persiana, a la espera de que la puerta se abriera y apareciese él, Andreas. Aquella mañana de agosto se abrió. Tras ella apareció el dueño del chalet, cubo y estropajo en mano dispuesto a terminar con la mujer de agua. Permaneció varias horas frotando. A cada restregón exclamaba en voz alta: «¡Estos hippies de mierda! Encima de estafador, grafitero. ¡En qué hora, en qué hora! » Cuando terminó colgó un cartel de "Se Vende" en todas y cada una de las ventanas.

Remedios y yo volvimos a nuestras charlas en el porche, al licor de bellota y la música de Silvio y Milanés. Ella, a compartir conmigo las tramas de las novelas rosas que leía con vehemencia, y yo a intentar que también leyese algo diferente de vez en cuanto. Aquel otoño comencé a escribir de nuevo, a escribir y a pintar. Y aunque exponía mis lapiceros a todos, Carlos, no manifestaba ante mi trabajo más que un: «*precioso cari, muy bonito*» o, «*luego le echo un vistazo con más calma. Ya voy tarde. Ahora me es imposible concentrarme, estoy overflow*» Adrián me sugería, con insistencia mercantil, que pasara los lapiceros a óleo porque eran más vendibles. Lo decía intentando convencerme de que debía vender porque si no, aquello, el que dedicara varias horas diarias a pintar, no tenía mucho sentido. Mena, decía que eran buenísimos, preciosos y se marchaba rápidamente a su cuarto donde le esperaba el correo electrónico y el teléfono. Por aquel entonces pasaba la mayor parte del tiempo enganchada al auricular de su móvil y al ordenador, el resto frente al espejo del baño o seleccionado la ropa que iba a ponerse para tal o cual "quedada".

Los días de lluvia, cuando todos se marchaban, subía al desván, esparcía mis dibujos sobre el suelo, conectaba el equipo de música, introducía en él el CD de Andreas y, con los ojos cerrados, escuchaba su canción: That Woman. La canción que él compuso para mí, la mujer de agua. Durante mucho tiempo, aquello fue lo único que llenaba y apaciguaba mi alma: su entendimiento, su saberme, su habitarme. Porque él me habitó, supo quién y cómo era yo. Sólo él.

Después, llegó Sheela.

26

Dentro de aquella pequeña tienda olía a madera de pino; a betún de Judea, a incienso, a hierbas medicinales y al perfume que desprenden los componentes de los hechizos. El local estaba situado en una callejuela estrecha y empinada del pueblo. Casi a las afueras de él. Remedios y yo habíamos escuchado algún que otro comentario sobre la propietaria en nuestra urbanización. La rumorología apuntaba que se dedicaba a algo más que a la homeopatía. Afirmaban que era echadora de cartas y ejercía la nigromancia. En el pueblo levantaba recelos, sobre todo en los círculos parroquiales. Poseía un carácter endiabladamente abierto, fresco y vital. Tan fuera de convencionalismos y normas que tenía la desvergüenza de asistir a los oficios religiosos cuando le venía en gana, aún sabiendo que su presencia incomodaba a los feligreses. El párroco, le manifestó, en más de una ocasión, que debido a las artes que ejercía en su negocio, no era bien recibida en su iglesia. Que los fieles le tenían presionado, y el día menos pensado, a pesar de los pesares, se vería obligado a negarle la entrada. Pero ella, Sheela, hacía oídos sordos a las advertencias del viejo cura, incluso le sonreía con afecto, con aire de absolución y gesto cariñoso. Después, ante la mirada casi suplicante del anciano, dejaba que el murmullo de los parroquianos allí congregados, acompañara sus pasos. Se persignaba y entraba a rezar siempre que le venía en gana.

Hacía más de cinco años que Andreas había abandonado mi vida, y en ese tiempo no dejé de pintar y escribir. Expuse en diversas salas dependientes de las Concejalías de Cultura de los pueblos cercanos. Vendí varios óleos y lapiceros. Convertí el desván en mi estudio y seguí más sola que nunca. Una semana antes de que Remedios me persuadiese para visitar el herbolario de Sheela, había iniciado un seriado. Éste se compondría de rostros de varones de razas diferentes. Representaría a cada uno de ellos en las cuatro etapas más significativas de su desarrollo: niñez, pubertad, madurez y vejez. Era un proyecto ambicioso que quería presentar a un certamen cuyo premio consistía en dos billetes de avión para viajar a Egipto. Desde siempre había querido realizar aquel viaje y en aquel momento ganar el certamen podía ser la oportunidad de realizar mi sueño sin tener que pedirle a Carlos ni un duro. Sabía que él no pondría objeción a pagarme el viaje, pero, desde hacía tiempo, me resistía a pedirle más dinero que el necesario para las necesidades del hogar y las de nuestros hijos. Mis gastos personales los cubría con los escasos ingresos que obtenía de las ventas de mis cuadros y alguna que otra corrección literaria. Aunque él seguía manteniendo, de cara a la galería profesional y vecinal el status de pareja de Hollywood, nuestra relación era cada día más distante.

A pesar de que los personajes, los modelos de mis cuadros no eran reales, de que no existían más que en mi imaginación, antes de ponerme con el seriado tuve que documentarme para que el proceso de envejecimiento de los rostros siguiera las pautas naturales que siguen las personas en su desarrollo físico por razas y características propias de cada individuo. Remedios se implicó en el proyecto hasta tal punto que dejó de lado la lectura de las novelas rosas y se convirtió en mi documentalista. Fue tal la complicidad y el entusiasmo que ambas generamos en la realización del proyecto que, si yo me proclamaba ganadora, decidimos que el viaje lo haríamos juntas. Pero yo sabía que ella era incapaz de abandonar ni un solo día a su Jorgito y a Eduardo, su marido. A pesar de mi certitud, hasta el último momento, mantuve la esperanza de que le echara un par de ovarios y se viniera conmigo, aunque fuese con lo puesto. El día que me despedí de ella, mentí premeditadamente, lo hice para no ponerla en la tesitura, en la cruel tesitura de que tuviera que volver a darme las mismas explicaciones de siempre. De volver a ver como lloraba al decirme: «*Es que yo le quiero. Sí, Jimena, le quiero con toda mi alma. Y él, a su manera, también me quiere. Sí, Jimena, aunque tú no lo creas, me quiere. Su único defecto es que le pueden las faldas. Pero..., a mí me quiere de verdad, a ellas no, Jimena, a ellas no*» Siempre concluía gimoteando. Dedicándome una mirada compasiva que me rompía el alma.

Eduardo era su príncipe azul, el príncipe de cuento que jamás la rescató de la torre. Pero..., como ella decía, y tenía razón: era ***su*** príncipe.

Comencé el seriado con el rostro de un niño árabe y seguí con el mismo personaje en su adolescencia. Cuando emprendí el dibujo que correspondía a la etapa de la madurez los trazos del boceto parecieron tomar vida propia. El lápiz se deslizaba sobre el papel con vehemencia. Concluí el esbozo en apenas dos horas. En él aparecía un hombre robusto de mentón prominente, amplias cejas, grandes ojos negros, nariz recta y grande, tez morena y unos labios carnosos y gruesos. No le hizo falta ni un retoque. Lo contemplé durante unos minutos. Después lo clavé en el corcho. Dispuse el caballete con el lienzo y empecé a mezclar los óleos. Me llevó dos meses acabar el retrato. Finalmente, cuando ya le había dado el barniz fijador, llamé a Remedios para que lo contemplase. Ella, al entrar en el desván y ver el lienzo, palideció. Se fue hacia la mesa en donde yo tenía el agua y el licor de bellota y se sirvió un vaso que tomó de un trago, como se suele hacer en las cantinas mejicanas con los tequilas, sólo le faltó la sal sobre la mano.

—¿Qué pasa? Dime, ¿qué te parece? —le inquirí expectante.

—¿Por qué te has dibujado con él? ¿Éste no forma parte del seriado? —me cuestionó confusa.

Miré el lienzo desconcertada. En él estaba el retrato del joven árabe, pero a su lado también me encontraba yo; desnuda bajo una cortina de agua.

27

El móvil, que colgaba sobre el dintel se balanceó, y un sonido metálico avisó de nuestra llegada. Sheela, permanecía tras el mostrador, situado al fondo del local. Inmersa en la lectura de un grueso libro que, por su aspecto, se asemejaba a un incunable. Al oír el tintineo, se quitó las gafas, levantó la cabeza y me miró fijamente con aquellos hermosos ojos de miel. Tras mi presentación, la pelirroja, Sheela, se dirigió hacia la puerta de entrada. Giró el cartel que colgaba sobre el cristal, dio dos vueltas a la llave dentro de la cerradura y corrió las cortinas de terciopelo rojo.

El herbolario poseía una habitación contigua y allí, junto a las hierbas medicinales y los utensilios homeopáticos, Sheela, pasaba consulta. Sobre la mesa camilla había una rosa de Jericó abierta encima del agua. Frente a la mesa, dos sofás en los que Remedios y yo tomamos asiento mientras Sheela se preparaba.

Antes de acudir al herbolario, Remedios había conversado con ella. Le había comentado lo ocurrido con mi lienzo. Remedios llevaba un tiempo yendo al herbolario, desde que le sobrevino una erupción en el cuello para la que la medicina convencional no tuvo respuesta ni tratamiento. Sheela, le preparó un aceite que eliminó los granos en una semana. Desde entonces no solo visitaba el herbolario para los padecimientos físicos, siempre livianos, que pudieran sobrevenirle, buscaba una cura para las penas, una puerta abierta a los misterios del alma. Un reposo para su corazón cansado.

Apenas habló conmigo. Me sonrió y apoyando sus codos sobre la mesa con las manos extendidas hacia mí, con un gesto de sus ojos, indicó que le diera las mías. No miró mis palmas, como pensé que haría. Cogió mis manos, las juntó, y las puso dentro de las suyas, que parecieron abrazarlas. Sus ojos estaban cerrados:

—Creo que en vez de pasarte yo la consulta, deberías ser tú quien me la pasase a mí —dijo sonriente.

—No entiendo —respondí.

—Tienes las mismas capacidades que yo. Eres vidente. No digas que no lo sabes porque no te creeré —sonreí tímidamente—. El hombre del dibujo es una de tus visiones. Harás ese viaje porque ganarás el certamen y será allí, en Egipto, donde le conocerás. Dime, ¿por qué tienes tanto miedo a dejarte llevar?...

A partir de entonces nuestras visitas fueron haciéndose más continuadas. Crecieron en la misma proporción que nuestra amistad. Sheela, poco a poco, nos instruyó en las artes de la percepción. Dimos largos paseos por el campo, en los que ella nos suministraba indicaciones precisas para percibir sonidos que para nosotras se habían convertido en inaudibles. Olores que nuestro sentido había dejado de experimentar. Contemplamos la luna en sus diferentes fases y la repercusión de su luz sobre las criaturas de la noche. Escuchamos el canto y el batir de alas de las aves nocturnas y conseguimos identificarlas sin verlas. Aprendimos a caminar a oscuras, a escuchar el rumor que se esconde bajo el bullicio sin más guía que nuestro sexto sentido. Volvimos a nuestros orígenes, a ser como las demás criaturas, como nuestros ancestros más lejanos: intuitivos. Como los chamanes arameos que con la observación de la rosa de Jericó sabían cuándo y cómo llegaría el agua a sus tierras. Al igual que ellos, nosotras, éramos capaces de reconocer un alma herida sólo con mirar sus ojos o escuchar el tono de su voz; y sabíamos qué mal le aquejaba.

Nuestras reuniones, en el campo al anochecer o en el local a la luz de las velas, levantaron más de un comentario en el pueblo y las urbanizaciones que lo circundaban. Sin embargo, las habladurías, no solo trajeron prejuicios y rencores a las puertas del herbolario, también condujeron hasta nosotras a más de un alma anónima que buscaba consuelo para sus desventuras, consuelo bajo un suplicado anonimato que nosotras, por encima de todo, siempre guardábamos. Se nos echó la culpa de más de un divorcio, de más de una infidelidad y de la extraña desaparición de la figura de un cristo que se hallaba a la entrada del negocio de un jefe abusivo y cuatrero. Sheela, cuando tuvo conocimiento del robo, no pudo evitar apostillar que el cristo no había sido robado, que había huido del local. Incluso se nos llegó a señalar directamente como las causantes de una plaga de chinches que aquejó de forma violenta la parroquia y las casas de varios feligreses.

Así, nos convertimos en un trío inseparable. En los mentideros se nos apodó como "*Las brujas de Eastwick*" El nombre que llevaba el herbolario de Sheela.

28

En aquellos días fuimos felices. Parecía que el destino, que siempre había jugado con ventaja, se detenía a nuestros pies, reverenciando nuestro derecho a elegir. Así fue durante meses, casi un año. Cuando el silencio se hacía un hueco en nuestras conversaciones, el miedo a que sucediera algo que rompiese aquel equilibrio, nos sorprendía más de una noche frente al licor de bellota mirándonos fijamente a los ojos. Ninguna hablamos de aquella extraña sensación de inseguridad que asalta a todo ser humano cuando las cosas parecen ir demasiado bien. No hablamos sobre ello porque, incluso el hecho de comentarlo en voz alta, nos asustaba. Las tres éramos conscientes de que algo iba a suceder. Un suceso terrible que dejaría nuestras vidas marcadas para siempre. Sobre todo lo sabía ella, Sheela.

Días después de recibir la primera paliza nos citó en la terraza de una cafetería a las afueras del pueblo. A pesar del calor de aquel agosto, Sheela, llevaba un jersey de cuello alto. Se había maquillado tanto los pómulos y los ojos, que las pecas no se veían. Apenas podía abrir el ojo derecho y su labio superior estaba tan hinchado que la impedía hablar con normalidad.

—¡Hijo puta! —exclamé limpiando sus lágrimas, despacio, con las yemas de mis dedos—. Ha sido él, ¿verdad?

—¡Dios mío! ¿Cómo ha podido hacerte algo así? ¿Cómo se atreve? —gritaba Remedios horrorizada.

—No, no, Remedios, no me toques ahí —dijo Sheela abortando el abrazo de ésta—, creo que tengo dos costillas rotas.

No quiso denunciarlo. Buscó mil excusas para convencernos de que la agresión había sido involuntaria, para convencerse a sí misma de que no se había enamorado de un maltratador. Pero desgraciadamente, así era.

Él notó que yo percibía sus intenciones, que sabía quién era y lo que pretendía. Por ello, desde nuestro primer encuentro, esquivaba mi mirada como hacen los delincuentes con los rastreadores telefónicos de la policía: sólo me mantenía la vista unos segundos. El tiempo que él creía podía permitirse para que yo no alcanzara a ver más allá, a introducirme en su alma. Pero lo hice. Lo hice y le advertí:

—Si le vuelves a poner la mano encima, te mato —le dije bajito la noche en que Sheela se empeñó que le acercásemos a la estación del tren después de la cena de cumpleaños de ella.

—Te mataremos. Lo haremos —apuntó Remedios alzando el tono de voz. Lo que provocó que los viandantes miraran hacia el coche.

Él no respondió. Se bajó del automóvil dando un portazo seco. Nos miró desafiante, escupió sobre la acera y con expresión viciada, desde lejos, dijo:

—Ella no os dejará hacerlo. Me quiere —apostilló riendo a carcajadas.

Unos días antes de la última paliza, Sheela, me regaló su paraguas rojo:

—Es para ti.

—No puedo aceptarlo —respondí negándome a cogerlo—, te lo regaló tu madre. Es tu talismán. Siempre te ha protegido.

—Ya no lo necesito. Nadie mejor que una mujer de agua para llevarlo a partir de ahora...

Sabía lo que estaba diciendo sin decir, y lo peor es que yo no podía hacer nada para evitarlo.

—Le has denunciado. Tiene una orden de alejamiento. No creo que se atreva a volver por aquí —dije intentado salir de aquel dolor. Intentado que callara. Que dejara de hacerse daño, de hacerme daño.

—Le he comprado éste a Remedios. Quería que fuese lo más parecido al mío. ¿Ves? Mango de madera, rojo sangre —respondió sin contestar a mi pregunta—. Quiero que se lo des tú, no creo que yo tenga valor para hacerlo.

—Sheela, no va a sucederte nada —dije apretando sus manos.

—Sé que me matará. A pesar de la orden de alejamiento, a pesar de vuestra protección, lo hará. Cuando suceda debes llevarme contigo a Egipto, porque irás a Egipto, es tu destino. Cuando estés allí, recuerda que no puedes volver. Nunca, bajo ningún concepto, suceda lo que suceda, debes regresar a España. Hazme caso, las runas daban instrucciones concretas sobre ello.

—No sigas, no quiero que sigas diciendo barbaridades. No te va a suceder nada, ¡nada!, ¿entiendes? —le inquirí levantando su barbilla para que me mirase de frente.

—Debes esparcir mis cenizas en Sinaí. Luego cántame la canción de Alfonsina y el mar. ¿Me lo prometes? ¡Prométemelo!

Yo lloraba, lloraba como nunca lo hice. Lloré como debí llorar aquel día, cuando padre murió. Lloré por los siglos, por los espacios infinitos de tiempo, de eras que faltan por venir. Lloré para no tener que volver a llorar nunca más por lo mismo; por lo de siempre.

Ella, me miraba en silencio, dejándome estar. Después, tras secar mis lágrimas con un pañuelo de papel, sonrió y dijo:

—¡Recuerda!, debes asegurarte que no sea un lugar con posibilidad de recalificar. No soportaría que me construyeran encima un adosadito...

Hoy, el ruido del agua golpeando el casco de este barco con forma de milhojas que recorre El Nilo, me produce nostalgia, tristeza, me hace sentir el vacío que su falta, su ausencia, ha dejado en mí. Las plañideras de mi alma, de mi corazón, lloran la pena.

Bajo su paraguas rojo me oculto; me cobijo. Intento aminorar el daño que aún me causa su adiós.

29

Nos acercamos a Luxor, antaño la gran ciudad de *Tebas*. *Ezequiel dijo*: «*Tebas será con violencia sacudida...*» Y Tebas, Tebas de las cien puertas, capital de los faraones del nuevo imperio, se dejó llevar por los acontecimientos dando la razón al profeta.

Al occidente, dominando la necrópolis de Deir-el-Bahari, el templo de la gran dama del Nilo se alza jactancioso, desafiante, atrapando con su grandeza la esencia del dios Amon. Hatshepsut nos espera. Colérica y llena de furia levanta su mentón barbudo. Imagino su poderosa imagen, la grandiosidad de su creación, la soberanía de su reinado; el poder de su dualidad. El aire huele a hierbas aromáticas como olió entonces, cuando sus expediciones regresaron con éxito del mítico país de Put. Al imaginarla, me pierdo entre el murmullo del grupo que es absorbido por la sobrehumana dimensión de las columnas rectangulares que forman los pórticos de su templo. Percibo el vuelo del hijo de Isis y Osiris avisando de la cercanía, de la proximidad de su espíritu, amortajado en la rivera izquierda del Nilo; inmortalizado en el templo más hermoso del interminable Egipto. Su nombre, el nombre de la dama del desierto, borrado incesantemente por la codicia y el machismo, vuelve a ser exclamado, día tras día, con fascinación y respeto: ¡Hatshepsut!

Omar sonríe, sus labios perfilan una expresión cálida que envuelve mi corazón. El viento hace que el pelo me tape los ojos y roce mis labios. Él, alarga su brazo y señala la orilla, la torneada orilla que da acceso a Luxor. Su mirada roza el mechón anárquico que tapa mi boca y se detiene curiosa sobre las páginas que voy escribiendo para usted, sobre el paraguas rojo que, apoyado sobre mis muslos, espera a ser abierto para protegerme de este sol abrasador: del sol y de él.

De nuevo, siento esa sensación de nauseas, semejante a la que sentía aquellas mañanas de domingo. De aquellos domingos sembrados de pipas y regaliz, en los que padre, chaqueta de pana en mano, copaba los duros asientos del desvencijado y chirriante coche de viajeros con nuestra gran familia camino de la capital. Recuerdo a Jaime y Ricardito, que irremediablemente, domingo tras domingo, terminaban a porrazo limpio, a punto del descalabro, por aquellas chapas de *Mirind*a y cerveza, con las que, más tarde, al golpe seco de la toba de sus dedos corazón y pulgar, se alzarían vencedores de una imaginaria vuelta ciclista de latón. De chicos siempre se llevaron a matar. Sin embargo, años después, como si fuesen gemelos idénticos, eligieron la misma carrera, se casaron con dos hermanas y se establecieron en Australia. Nuestra relación siempre fue distante, efímera y extraña. A pesar de que padre luchó porque todos estuviéramos unidos, no lo consiguió.

Todavía puedo oír el llanto de Juanillo y ver aquel chupete impregnado de azúcar y anís con el que usted, madre, le hacía callar milagrosamente. La carita de pan de Carlota. Carlota era como *Susanita*, la de *Mafalda,* la estupenda *Mafalda* de *Quino*, con la que yo siempre me identifiqué. Jamás se separaba de su muñeca. Aquella lánguida muñeca de cartón piedra, enlazada de los pies a la cabeza, empachada de comida, encanijada por los besos y los abrazos incontrolados de su prematura mamá. Mientras tanto, yo, me adhería al entrañable polo de hielo, de naranja. Me perdía en su exquisito, en su artificial color, en el mandil blanco del heladero. En esos días supe con certeza lo que iba a ser de mayor. Sería vendedora de helados.

Sus manos, las manos de Omar, señalan uno tras otro los lugares más emblemáticos mientras yo sueño con rozar sus labios, con perderme entre sus brazos, y siento miedo. Miedo a un futuro que sé estaba escrito con antelación, con mucha antelación a este viaje.

30

El asesino de Sheela, Antonio, desapareció sin dejar rastro. Una vez concluida la autopsia, se dictó una orden de búsqueda y captura, la policía no consiguió localizarlo.

Remedios y yo nos encargamos de todo lo relativo al funeral de nuestra amiga. Días después recogimos las cenizas y las depositamos dentro de una bolsa que Remedios había confeccionado a mano con un pedazo de las cortinas rojas del herbolario. Nadie reclamó sus pertenencias, ni asistió al sepelio, por lo que tuve que hacerme cargo de Amenofis, su gato persa. El animalito vagó de mi casa al herbolario durante varios días. Se sentaba en la puerta y maullaba a la espera de que Sheela le abriera. La vecina me llamaba en cuanto escuchaba el penoso llanto del felino y yo, día tras día, me acercaba a buscarlo y volvía a trasladarlo. Así fue hasta que las cenizas de Sheela llegaron a casa. Desde aquel momento no volvió al herbolario. Se pasaba las horas durmiendo al lado del saquito rojo. Sólo abandonaba su vigilancia para comer o acercarse a la caja de arena. A excepción del día en que me marché. Aquel día, Amenofis, me acompañó hasta la salida y, como si supiera que su dueña definitivamente se había ido, echó a correr hacia el campo.

Como Sheela predijo, gané el certamen de pintura y canjeé los dos billetes por dinero en efectivo. Con el canje el premio perdía cuantía, pero en aquellos momentos no me sentía con fuerzas para realizarlo. Habían pasado demasiadas cosas, hechos que me habían marcado para siempre.

Después de lo acontecido, Carlos se mostró más cercano que nunca. Tomó unos días de vacaciones y se dedicó a mí. Contempló mis trabajos de pintura, leyó algunos de mis textos y vanaglorió, como nunca lo había hecho, mi capacidad para escribir y pintar. Incluso llegó a insinuarme que debía dedicarme a la literatura de manera profesional y que él podía buscarme algún contacto si yo estaba dispuesta a ello. No sé con exactitud lo que duró aquel falso éxtasis, pero sí recuerdo con claridad, como un mañana todo volvió a ser como en los comienzos. Se restablecieron sus viajes y sus tardías vueltas al anochecer. Regresó el olor a colonia femenina que desprendían sus corbatas de seda. Volvieron las llamadas telefónicas, las salidas de emergencia a la oficina...

Carlos tenía conciencia absoluta de lo que hacía. Para él aquellos escarceos no eran más que eso, escarceos sin importancia. Escarceos que siempre negaba. Lo negaba tanto y tan bien, que durante años le creí. Y el encanto se fue yendo poco a poco. Ya no era la soledad, la necesidad de sentirme mujer, persona, amante... el verdadero problema fue que llegó un momento en el que ya no quería ni necesitaba ser nada en su vida. Me había cansado de aguantar, de luchar, de buscar un instante único entre los dos que me emocionara, que le emocionase. Nos habíamos convertido en dos desconocidos que compartían, casa, cuenta corriente, hijos y cama.

El barco ha parado. Desde la superficie del agua, un rodaballo imaginario me llama equivocadamente Ilsebill. El rodaballo suspira, mientras que, mirándome de reojo, le hace un guiño escondido a Omar. Él me mira de soslayo y sonríe. Me sonríe sólo a mí.

Éste es el último día de crucero. Mañana saldremos en avión, de nuevo, y para mi desgracia, en avión, hacia El Cairo.

31

Anoche sus ojos fueron los míos. La luna iluminaba altiva el horizonte, un horizonte, madre, demasiado alejado del suyo, demasiado distante y diferente de todos los horizontes que pasaron por mi vida. Su línea estaba delimitada por la oscuridad de la mirada de Omar, por la dorada piel de sus manos, mientras el eco de las voces ahuecadas por los megáfonos llegaba perdido desde el gran Lago Sagrado.

El aire olía..., en realidad no olía a nada, ni tan siquiera el viento se dejaba sentir. *El rodaballo* caminaba junto a mí, y *Günter Grass* me insinuaba con extrema exigencia, con despecho, casi en un insulto, mi torpeza, mi lentitud en el arte de la lectura, en el don de la percepción rápida de las palabras. Mi ejemplar, el ejemplar de *El Rodaballo,* siempre me acompaña, inexorablemente en todos y cada uno de mis viajes. La historia de este pez al que *Günter* dio vida en la novela que lleva su nombre, se ha convertido en el pez de mi vida, en el entrañable pez de toda mi existencia. Las pocas páginas que he conseguido leer, hasta el momento, me han hecho no volver a comer rodaballo nunca más. Anoche, su silueta de aguas saladas, danzaba entre las sombras del dulce Nilo. Mientras leía los diálogos intentaba imaginar su voz pausada sin conseguirlo.

Omar sonreía arropado por la lejanía de la popa, y yo, procuraba omitir su presencia. Acerqué la novela tanto a mi cara que apunto estuve de caer por la borda, que estaba más cerca de lo que había calculado. Entonces, Omar, se acercó y nuestras miradas coincidieron peligrosamente. He de confesarla, madre, que la mía, mi mirada, estaba un poco perdida y ligeramente extraviada a causa del imprevisto cambio de posición de baranda.

La sombra del utópico y feo rodaballo volvió a surgir en la superficie del Nilo. Torciendo su boca aplanada intentó llamar la atención de Omar, pero mis manos cerraron la espléndida novela y el rodaballo se sumergió, una vez más, en sus páginas:

—¿Es el rodaballo? El rodaballo de Günter Grass —dijo dedicándome una vez más su espléndida sonrisa.

Asentí, con un gesto afirmativo de mi cabeza. Sin despegar los labios. ¡Qué iba a contarle yo, de aquel libro eterno que casi formaba parte de mi anatomía! Y así debí permanecer durante todo el tiempo, calladita. Pero me moría por hablar con él. Por hacerlo a solas, como estábamos en aquellos momentos. Y no se me ocurrió nada más estúpido que hacer lo que nunca había hecho; mentir:

—Es la segunda vez que lo leo —le dije con aire de intelectual.

Entonces el impresentable pez pareció dar un coletazo de enfado dentro de aquellas aguas de papel y la novela cayó al suelo dejando el tomo abierto justo a la mitad. Él miró el libro, después me miró a mí, se agachó, lo recogió del suelo y colocó la separata en su lugar. Deslizando la palma de la mano sobre la portada dijo:

—¡Qué curioso! La última mitad está como nueva.

—¿Siii? —contesté mirando el suelo del barco como si la novela aún permaneciera allí. Intentando evitar que notase el apuro que su observación me estaba causando.

Me dedicó una mirada entre condescendiente e irónica y me ofreció un cigarrillo. Guardé presurosa aquel hermoso acuario de papel en mi bolso, evitando así que el cotilla e impresentable pescado de alta mar me volviese a poner en apuros.

—Yo tampoco he acabado de leerlo —dijo burlón—. Hay tanto y tan bueno para leer, que cuando una lectura no nos llega, hay que dar paso a otra —concluyó mientras acercaba lentamente el extremo de mi cigarrillo a su mechero de gasolina.

Omar me gustaba, si madre. Me gustaba muchísimo.

—¡Gracias! —dije.

—¿Whisky? —preguntó ofreciéndome su petaca.

Aquella fue la primera noche que pasamos juntos. Al amanecer el sol salió como siempre, como de costumbre. Mientras veía nacer la nueva alborada dije:

—Mira Omar, ¡allí! ¿Ves? Es Ra.

Todo había cambiado. El sol también.

Entonces, Omar, acariciando mis labios con sus dedos dijo:

—Debo regresar a mi camarote. En El Cairo finaliza mi trabajo con vuestro grupo. Me gustaría volver a verte, estar a tu lado mientras permanezcas en mi tierra. Quiero acompañarte a las pirámides. Quiero esparcir contigo las cenizas de Sheela, le debo el haberte conocido –dijo abriendo el paraguas rojo y, poniéndolo sobre los dos, ocultando nuestros rostros bajo él, me besó.

32

He llamado a Remedios hace apenas dos horas:

—Estaba preocupada. ¿Por qué no me has llamado antes? —dijo sin disimular su angustia y enfado.

—No quería hablar con nadie, al menos en los primeros días —le respondí con voz pausada—. ¿Tú estás bien?

—Sí..., bueno..., más o menos —respondió.

—Más o menos ¿qué? —le inquirí con preocupación.

—Al día siguiente de tu marcha encontraron el coche de Antonio en el embalse —dijo en tono de sentencia-, el cadáver no ha aparecido. Han rastreado el fondo pero no está. No está Jimena, el cuerpo no está.

—Es imposible, imposible. Estaba borracho, completamente ebrio. No creo que se soltara.

—Y si lo hizo. Y si se soltó y está buscándote. Jimena, ¡por Dios! Tal vez Sheela se refería a ello cuando te dijo que si viajabas a Egipto no debías regresar a España nunca. Si salió con vida del embalse te estará buscando para matarte. No descansará hasta encontrarte...

Me costó dios y ayuda que abandonase el tema, que cambiase de conversación. Después, cuando conseguí que se olvidara del asunto, me hizo un informe exhaustivo de todo lo que había sucedido desde mi marcha. Me relató, casi gimoteando, lo apenada que estaba por Carlos que vagaba de su casa a la nuestra como un fantasma, preguntándola qué había hecho él mal para que me marchase de aquella forma. Diciendo lo mucho que me echaba en falta, lo mucho que me quería. El miedo que tenía a que no volviese:

—Jimena, mi Eduardo y yo, hemos estado apunto de decirle muchas cosas a Carlos, pero no somos quién, ¿sabes?..., no lo somos.

—Pues no, precisamente, tu Eduardo, es el menos indicado —le dije arrepintiéndome en el mismo momento de decirlo.

—Lo sé, lo sé, pero él, aunque no lo creas, te da la razón. Eduardo dice que has hecho bien en darte un respiro. Porque es un respiro, ¿verdad?

—No, no lo es. Le voy a pedir el divorcio. Lo nuestro hace años que ya no tiene sentido, ningún sentido. Cuando regrese me iré al pueblo, con mi madre. Seguiré pintando y quizás mueva las novelas por alguna editorial o agencia.

—De eso quería hablar contigo —dijo cortando mi alocución—. Verás, Mena y yo hemos hecho algo.

—Algo, ¿qué algo?

—Hemos enviado uno de tus textos, en el que cuentas tu vida, a una agencia literaria.

—¿Qué habéis hecho qué?

—Enviamos a una agencia literaria la obra que más nos gusta a las dos: *En un rincón del alma*. Y..., quieren representarte. Puedes ponerte en contacto desde allí con ellos. Tu hija les ha comunicado que estás de viaje en Egipto. Dicen que no hay ningún problema, que pueden esperar a que regreses.

—Pero Remedios, ¿cómo habéis hecho eso?, la obra está sin terminar.

—Para ti nada está acabado nunca, siempre andas con las correcciones a cuestas. La obra, terminada o no, es buenísima. Quiero pensar que no vas a desaprovechar la oportunidad, ¿verdad?

—Por el momento lo voy a dejar estar.

—Pero, ¿cómo puedes decir eso?

—Ahora lo único que quiero es descansar, no pensar en nada. Tengo dinero para estar aquí dos meses. El visado también lo arreglé para permanecer en el país el mismo tiempo. Quiero tomar fotografías para mis óleos. En cuanto a la novela, ya te he dicho que está inacabada. Durante el viaje estoy escribiendo unas cartas a mi madre que seguramente incluiré en la obra.

—Tú sabrás lo que debes hacer..., nadie mejor que tú lo sabe. Nosotras enviamos el texto porque creímos que te gustaría..., pero veo que no te ha hecho gracia. En cuanto a tu hija..., deberías llamarla. Está contigo, apoya todo lo que haces, pero necesita saber que estás bien, ¿no crees?

33

Cuando llamé a Mena su voz sonó como un soplo de vida a través del auricular:

—¿Cómo estás?, ¿por qué no me has llamado antes?

—Lo siento cariño, debí llamarte el mismo día que desembarqué, pero no tenía fuerzas para hacerlo y menos que me quedaron después de hablar con tu padre.

—Está enfadado conmigo. No me perdona que te guardase el secreto. Ya sabes..., es muy tozudo. Creo que si no vuelves pronto le matarás. En el fondo no sabe vivir sin ti.

—Pues deberá acostumbrarse. Voy a pedir el divorcio —hubo un silencio que me pareció durara una eternidad—. Mena... ¿estás ahí? —le cuestioné preocupada por su falta de respuesta.

—Sí —respondió en un murmullo.

—Hija, ¿qué pasa? Creo que no deberías sorprenderte. Conoces mi situación. Has vivido mi desventura, mi soledad. Sabes todo lo que he luchado por mi matrimonio. Esto se veía venir desde hace tiempo. No me puedes pedir que aguante más, no tiene sentido y sería egoísta por tu parte.

—Las personas cambian, mamá -dijo en tono recriminatorio—. Y él está cambiando. Es un buen hombre, papá es un buen hombre. Nunca nos ha tratado mal y jamás nos ha faltado de nada.

—Sí Mena, a mí me han faltado muchas cosas, entre ellas respeto y atención emocional.

—Pero, ¿por qué no le das otra oportunidad? Es la primera vez que te marchas y ahora es cuando él se ha dado cuenta de lo mucho que te necesita. Te perdonó tu infidelidad —dijo refiriéndose a Andreas—, ¿eso no cuenta para ti?

—¡Qué me perdonó...! —exclamé indignada.

—Sí mamá, lo supo dos meses después y jamás te dijo nada porque entendió que era culpa suya.

—Lo supo y te lo comenta a ti y a mí no me lo dice, ¡increíble!, increíble y vergonzoso. ¿Cuándo te lo ha dicho? —cuestioné violenta.

—Después de tu llamada desde Egipto. Estaba destrozado y creía que te habías marchado con alguien, que no viajabas sola. Yo le insistí en que no era así, que sólo necesitabas estar un tiempo alejada de la rutina, pensar. Pero como no te despediste de nadie más que de Remedios, pensó que el viaje no lo hacías en solitario. En cierto modo es lógico, ¿no crees?

—Pues no, no lo creo. Y si él me ha perdonado una infidelidad no sé cuántas le he perdonado yo..., he perdido la cuenta —dije con rabia.

—Mamá, lo sé, te entiendo y tienes toda la razón, pero creo que deberías meditar. Papá está destrozado, te doy mi palabra.

—Mena, cariño, ya no hay nada que meditar. No hay nada que perdonar. Quiero a tu padre, siempre le querré, es algo indudable y que no puedo negar, pero ya no estoy enamorada de él. Y él, tú misma lo has dicho, me necesita, sólo me necesita. Eso no es querer...

El llanto de ella me llegó a través del auricular claro y desgarrador. Jamás soporté oírla llorar, jamás. Hablamos sobre ello durante unos minutos más, hasta que conseguí calmarla, hasta que ella consiguió que la prometiese que hablaría al regresar con su padre, que intentaría que él comprendiese, porque así, al menos, le evitaría seguir hundido en la desesperación, como ella aseguraba que estaba Carlos. Sobre Adrián me dijo que no le daba importancia a mi viaje y menos a la reacción de su padre. Para él aquello era una crisis lógica dada la situación que vivíamos ambos y que él conocía desde hacía tiempo. También hablamos sobre la respuesta de la agencia literaria, sobre sus próximos exámenes y me hizo temblar de preocupación cuando me relató sus desventuras con el joven estudiante de medicina que le había roto el corazón. Temblé porque ella, para los asuntos del amor, era igual que yo; utopía en el sentido más amplio de la palabra:

—Calculo, si todo va bien, que estaré dos meses aquí —le dije entusiasmada—. Quiero hacer fotografías para varios seriados que se enclavarán en Egipto. Creo que podré colocarlos con suma facilidad. También quiero ponerme con la novela que habéis mandado a la agencia. Si la termino y me gusta el resultado, quizás tome en serio el dedicarme a la literatura. Voy a buscar un apartamento o una pensión porque los hoteles se me escapan de presupuesto.

—Si necesitas dinero se lo pido a papá y te lo envío —dijo.

—Bajo ningún concepto. Cuando vea que no puedo continuar aquí, regreso. Tengo el billete abierto. En el caso de que suceda algo puedes dejarme recado en el hotel. Cuando tenga la nueva dirección te la daré.

—¿Puedo darle a papá el teléfono del hotel? —cuestionó temerosa.

—No —respondí tajante.

—Tú sabrás lo que haces, pero creo que, en lo referente a papá, te equivocas... ¡Ah!, imagino que Remedios te ha dicho que encontraron el coche de Antonio en el embalse. El muy hijo de su madre debió sufrir un accidente y encima tuvo la suerte de salir con vida y escapar...

34

Llevo tres semanas en esta ciudad y hasta hoy no he podido retomar la escritura. Al fin conseguí alquilar un apartamento. Es un ático. La terraza dobla en tamaño a la parte destinada a la vivienda. De no haber sido por Omar, es posible que aún siguiera en el hotel.

Mañana, Omar y yo, saldremos a buscar lienzos y óleos. No tenía pensado comenzar los cuadros aquí. En un principio pensé tomar primero las fotografías y empezar los seriados ya en España, en el pueblo, junto a usted madre. Pero Omar me ha sugerido hacer los bocetos con modelos que dice posarán para mí sin problemas en la misma calle, si así lo deseo. Creo que es una idea fantástica.

Después de terminar el crucero volvimos a reencontrarnos en el hotel y desde entonces no ha pasado una noche sin que durmamos juntos. Esta relación es extraña, si no fuera por los sentimientos que ambos mostramos sin control, diría que es un tanto irreal. Apenas sé de él. No me ha contado nada de su vida. Tampoco le he preguntado. Nos limitamos a estar juntos, a vivir el momento, el presente inmediato como si ambos lo supiésemos todo de los dos. Él escucha fascinado todo lo que yo le voy relatando.

No sé el tiempo que podré aguantar en esta situación tan anodina. Cuando se marcha por la mañana, cuando no me dice dónde se va, a qué hora va a regresar o si lo va a hacer, muero un poco. Y siento miedo, el mismo miedo que sentía con Andreas, porque tengo el presentimiento de que él, tarde o temprano, también me abandonará. Y esta vez, madre, no sé si podré sobrellevarlo.

Anoche, mientras dormía, dibujé su cuerpo desnudo. Fui trazando uno a uno los contornos de su piel, sus manos, sus piernas, su espalda.... Lo hice llevada por una pasión desmedida, extraña, igual que me sucedió cuando lo retraté por primera vez; cuando ni tan siquiera sabía de su existencia, cuando aún no le conocía. Al despertarse me sorprendió con la paleta en la mano. Miró el cuadro, se levantó y vino hacia mí. Me abrazó y beso mis manos que aún temblaban. Después secó las lágrimas que corrían por mis mejillas. Mientras sus dedos rozaban la superficie de mis labios dijo:

—No voy a dejarte, te doy mi palabra. Has llegado a mi vida como una tormenta de arena y aún ando un poco desorientado. ¿Lo entiendes? —asentí sin creerle—. Debes ser paciente conmigo —concluyó en tono de súplica.

Creo en lo que dice, pero no puedo evitar pensar que por encima de sus sentimientos, de sus intenciones, hay algo más fuerte que convierte sus palabras en una quimera. Me estremezco cada vez que le veo atravesar el umbral de la puerta y perderse entre el tumulto, cuando su figura se desvanece entre los apresurados viandantes, cuando se difumina como si él sólo fuese un fantasma. Sé que tarde o temprano le perderé.

—¡Gracias! —le dije cuando se marchaba.

—Me gustas Jimena. Me haces sentir bien. ¡Cuídate! A las cinco. ¿Hemos quedado a las cinco? —preguntó.

Asentí con un gesto afirmativo de mi cabeza y le sonreí, mientras se alejaba camino del ascensor. Como siempre, corrí hacia la terraza para ver su silueta desdibujarse una vez más y, como siempre, como cada vez que se marcha, no sé por qué, madre, volví a llorar.

35

Raquel es mi casera. Una bruja vieja y sabia que se marchó de España intentando recuperar a su hija. La hija que le robó un esposo despechado. Ante la falta de apoyo de la justicia, lo único que pudo hacer para estar al lado de su pequeña, para verla una vez a la semana, fue establecerse en Egipto. Compró un pequeño apartamento con los beneficios que le dio la venta de su casa en España y el ático que me ha alquilado a mí. Con la renta y algún que otro trapicheo, desde hace años, se gana la vida; subsiste medianamente bien. Al establecerse en este país, consiguió ver a su pequeña todas las semanas, pero ello no le sirvió prácticamente para nada. La niña, por voluntad propia, fue perdiendo el contacto paulatinamente con Raquel. Tomó la familia del padre como única y también su religión. Poco a poco, se distanció de su madre y del entorno occidental de ésta.

Cuando la conocí me impresionó su fisonomía. La belleza fría de sus facciones que parecía habían tomado rasgos orientales como si éstos, desde siempre, le pertenecieran. Su físico era tan inusual, tan fuera de estereotipos, que le propuse posar para mí. Aceptó con una única exigencia: que el boceto fuese para ella. A lo que accedí gustosa. Desde entonces todos los días tenemos una cita ineludible.

Durante nuestros encuentros, Raquel, se ha ido acoplando a mi vida como si fuese una pieza indispensable del engranaje que forma mi existencia, cuadrando perfecta y milimétricamente en su lugar de ensamblado. Lo último que le relaté fue el asesinato de Sheela. Lo hice después de que ella, sin saber nada del nefasto suceso, me preguntase qué iba a hacer con las cenizas de mi amiga.

—¿Has pensado donde vas a esparcir sus cenizas? —dijo señalando el saquito rojo que yo tenía siempre colgado en el palo del caballete.

—¿Cómo puedes saber eso? —le inquirí con expresión de sorpresa.

—Lo he intuido. Lo que no sé es a qué se debe esa sensación de temor que te asalta cada vez que te llaman de España y por qué cuando recibes esas llamadas miras la bolsita roja.

Dejé la paleta y el pincel. Cogí la bolsita con las cenizas de Sheela y me senté junto a ella. Le relaté todo lo que habíamos vivido Remedios y yo junto a Sheela. Lo que ella significaba para nosotras. Le expliqué como llegamos a formar un trío inseparable: Remedios rubia, Sheela pelirroja, y yo morena, características que, unidas a nuestras actividades esotéricas, nos hicieron dignas merecedoras del apodo de: las brujas de Eastwick.

—El paraguas rojo del que no te separas es de ella, ¿verdad? —inquirió cogiéndolo—. ¿Sabes que, contrariamente a lo que muchas personas piensan, es un símbolo de protección muy fuerte?

—Sí. Sheela me lo dijo —respondí—. Era de su madre. A ella se lo regaló una anciana meiga para que la protegiese tanto de lo malo como de lo bueno que pudiera sobrevenirle, porque a veces, lo bueno, después trae consigo algo nefasto.

—Así es. La lluvia y el sol pueden ser beneficiosos o perjudiciales. Si tienes un parapeto para ambos, puedes dosificar los dos fenómenos en su justa medida —respondió sonriendo—. Esa es la simbología real del paraguas: la protección. Y el color rojo simboliza la fuerza, la belleza, el éxito y el amor.

No sé cómo, pero lo hizo. Repitió una a una las palabras de Sheela. Quizás fue aquello lo que me llevó a contarla lo acontecido, que Sheela parecía estar hablando a través de ella diciéndome: desahógate, ¡hazlo! Por ello, comencé a contarle todo sin un previo, sin que ella me preguntara qué había sucedido la noche en que Sheela murió:

—Aquel día, Sheela, había quedado en llamarme sobre las doce. Desde que denunció a Antonio y el juez dictó una orden de alejamiento, ella, todos los días, antes de acostarse, me telefoneaba. Por la tarde me había comentado que se desplazaría a la ciudad, quería hacer unas compras. Dijo que se retrasaría porque pensaba cenar con un viejo amigo. Quedó en llamarme a su regreso para confirmar que estaba bien, pero no lo hizo. Sobre la una de la madrugada telefoneé repetidas veces al herbolario y a su casa sin recibir respuesta. A las dos volví a insistir y, entonces, el teléfono del herbolario comunicaba. Esperé unos quince minutos y volví a marcar el número que seguía comunicando. Lo que me alertó.

»Desde que recibió la última y más terrible de las palizas yo tenía un juego de llaves de su casa y de la tienda. Preocupada por su falta de respuesta y la posible desconexión de la línea telefónica del herbolario, decidí desplazarme hasta la tienda y comprobar si todo estaba bien. Cuando llegué, la tienda permanecía cerrada. Entré y nada más atravesar el umbral vi el reguero de sangre que salía por el quicio de la puerta del almacén. Corrí, corrí desesperada.

»Al verla tendida sobre el suelo, con la cabeza torcida hacia un lado, inmóvil, cubierta de sangre y golpes, supe que había muerto, que Antonio la había matado. La escena era dantesca, inhumana. Llorando, furiosa, desesperada e impotente me dirigí hacia el teléfono para llamar a la policía. Colgué el auricular para recuperar la conexión y volví a levantarlo temblorosa, lanzando insultos y maldiciones contra él. Entonces, por la ventana que daba a la parte trasera del local, vi su coche, el coche de Antonio. Él estaba tendido sobre el volante. Sin pensarlo solté el teléfono y desencajada fui a por él.

»Cuando abrí la puerta del vehículo su cabeza se ladeo ligeramente hacía la derecha. Estaba inconsciente, presa de un evidente coma etílico. Empujé su hombro y su cuerpo cayó sobre el asiento contiguo. Sin pensarlo volví a la tienda y llamé a Remedios. Le di indicaciones precisas de que fuese a recogerme en cinco minutos al embalse. Volví al coche y empujé, no sin esfuerzo, a Antonio sobre el asiento derecho.

»Cuando llegué a la zona de la carretera que lindaba con el embalse, paré el coche y volví a colocarle en el asiento del piloto. Le así el cinturón al cuerpo y empujé el vehículo lo suficiente como para que éste cogiese inercia y se deslizase por la cuesta, mientras furiosa, llena de dolor e impotencia, fuera de mí, gritaba: te lo dije, hijo de puta, te lo dije, te dije que te mataría.

»Remedios me recogió un kilómetro más arriba. Durante el recorrido le expliqué lo que había sucedido. Ella lo único que hizo fue llorar, lloró como nunca antes lo había hecho. Y yo sentí haberla metido en aquella desgraciada historia. Cuando llegamos a la tienda llamamos a la policía. En nuestra declaración dijimos que alertadas por la falta de respuesta de Sheela habíamos acudido a la tienda y habíamos encontrado su cuerpo. No mencionamos a Antonio y jamás volvimos a hablar de lo sucedido. No lo hicimos hasta mi llamada desde Egipto, cuando ella me comunicó que habían encontrado su coche en el embalse. El cuerpo aún no ha aparecido.

36

Mañana, Omar y yo iremos a la península del Sinaí. Sheela dejará de estar conmigo. Esta pequeña bolsa de terciopelo rojo de vino, donde guardo sus cenizas se ha convertido en un pedazo de mi corazón que, como otros muchos, tendré que abandonar. Como lo fue mi querida muñeca de trapo. ¿Recuerda madre? Se llamaba *cara de patata*. Yo siempre pensé en ponerle otro nombre, aquel no me gustaba, pero la descripción, a modo de mote, con la que fue obsequiada por Carlota, se convirtió en un seudónimo que, finalmente, quedó instaurado como su nombre oficial. Recuerdo aquellas Navidades y el tono de resignación y pena que tenía la voz de padre:

—Este año los reyes tendrán que ser sólo para el pequeño, los mayores deberán conformarse. Hay que sacrificar las cuatro vacas. El veterinario lo ha confirmado, no hay otra solución. Tenemos que solicitar un préstamo...

Ese día supe que los Reyes Magos eran los padres. Tenía ocho años. Durante las vacaciones estivales había visto una muñeca de largas trenzas en el escaparate de la tienda del pueblo. Parecía ser blandita y supuse que debería estar rellena de algodón. Soñaba con achucharla, con aplastarla junto a mí. Cuando la vi pensé que ése sería el único regalo que pediría a los Reyes Magos. Desde aquel momento contaba los días que faltaban para la Navidad. Durante todo el año había soñado con los poderes mágicos de los Magos de Oriente que la harían volar hasta los pies de mi cama. Daba por hecho que al pedir un solo regalo, sin lugar a dudas, lo tendría. Pero cuando escuché la conversación que padre mantuvo con usted me dirigí al establo y pasé toda la tarde allí, llorando y acariciando a las pobres vacas que tendrían que morir. Pensé en todo lo que ustedes habían tenido que hacer para conseguir, año tras año, cumplir nuestras ilusiones. Lloré por ustedes, por la vacas y por mi muñeca. Por aquella preciosa muñeca que nunca sería feliz con otra mamá que no fuese yo. Era imposible que ella quisiera a nadie como a mí. Me conocía. Todos los días le dejaba un beso prendido en el escaparate.

La muñeca fue a parar a casa de Nieves, la hija del practicante, mi inseparable vecina y compañera de clase. Fue su regalo de reyes más preciado. Tuve que ver a mi muñeca en los brazos de la madre de mi amiga, esperando la salida del colegio de Nieves, tarde tras tarde. Al verla, pensaba en lo triste que debería estar en unos brazos ajenos, en una casa que no era la suya. Entonces, sus ojitos de cristal brillaban con más intensidad, aguantando las lágrimas de pena. Imaginaba que sentía frío, allí, sin una toquilla de lana, a la intemperie, y me moría de ganas por tenerla, por acunarla en mis brazos. Nieves también estaba entusiasmada con su regalo de reyes y no hubo manera de que me la dejase. A pesar de mis súplicas y de las promesas y los cambios que la sugerí, nunca me dejó cogerla.

Pasé muchas noches preocupada por mi muñeca. Temía que el hermano de Nieves, apodado como Iván el terrible, la descuartizara como hacía con todos los juguetes. Mis temores se hicieron realidad. Una tarde de febrero oí gritar a la madre de Nieves:

—Te lo dije, te lo tengo dicho, deja los juguetes lejos de las manos de tu hermano. Tú también debes poner algo de tu parte. No puedo estar todo el día castigándole. No ves que ya no le hace efecto nada, ni tan siquiera los cachetes.

Yo miraba desde la ventana temiéndome lo peor.

Doña Eugenia salió a la calle con un montón de trapos y algodón y los metió en una bolsa de plástico. Rápidamente me encargué de hacer desaparecer la bolsa.

Cara de patata había perdido los ojos, tenía una de las manos desgarrada y las hermosas trenzas de lana negra desprendidas de su cabeza.

—¿Dónde has encontrado eso? —dijo usted.

—En la calle. ¿Me puedes ayudar a arreglarla?

—Hay que ver que manías más tontas tienes Jimena. ¡A quién habrás salido! No sé qué pretendes hacer con esos trozos de tela rotos.

—No son trozos de tela. Es una muñeca de trapo muy bonita —respondí abrazándola contra mí.

Pasé la mayor parte del invierno cosiendo a *cara de patata.* Sus hermosos ojos que en un tiempo fueron dos preciosos círculos de cristal, se convirtieron en botones cada uno de un tamaño y un color diferente. El izquierdo rojo y el derecho negro. Carlota decía que estaba bizca. Para mí, la diferencia de tamaño de sus ojos le daba un toque lánguido a su mirada, que me hacía quererla aún más. Rehice sus trenzas, pero la falta de algunos mechones dejó su nuca un poco calva. Cosí sus manos. A una de sus piernas le faltaba un pedazo y al ponerla de pie cojeaba un poquito. Pero... ¡qué importaba! Con el tiempo, pensé, aprenderá a andar igual que las demás. Y de no hacerlo la tendría siempre en brazos, aunque se enmadrase.

Aquella muñeca fue la mejor de las amigas, el mejor de los regalos que me trajeron los Reyes de Oriente, porque aún hoy sigo pensado que ellos, los magos, tuvieron algo que ver en todo aquello. Y así, *cara de patata,* vivió conmigo alegrías y penas, compañías y soledades. Hasta que un día, mi niña, Mena, la destrozó. Pensó que estaba bizca y que había que solucionarlo y le arrancó los ojos. Después decidió que el pelo le quedaría mejor corto y arrancó sus trenzas. Cuando se dio cuenta de lo que había hecho intentó hacerla desaparecer dentro de la taza del inodoro, provocando un atasco espectacular. Del desaguisado que Mena hizo con *cara de patata* sólo pude salvar sus ojitos bicolor. Ahora serán los de Sheela. Los dejaré junto a sus cenizas, en la cima del Sinaí.

37

Hace dos semanas que no escribo, desde que Omar se marchó. Su ausencia se ha convertido en un espacio de tiempo infinito que comienza a paralizar mi vida, a tergiversar la realidad. Este ascensor desvencijado me atormenta. Cada vez que sus puertas se abren es como abrir la tapa de una vieja caja de chirridos que, presos durante siglos, escapan en una loca carrera sin control hasta atravesar la puerta de mi apartamento, invadiendo mis tímpanos, haciendo que imagine que tras su apertura aparecerá él. Echo en falta su risa, sus oídos atentos, su forma de mirarme, su despertar a mí lado... Su ausencia se clava en mí como un diapasón, llegando a ser insoportable.

Llevo dos meses en este país. Dos meses en los que he trabajado sin descanso. En los que he realizado una veintena de óleos y cincuenta bocetos que formarán parte de una exposición. La mitad de ellos están vendidos con antelación. Lo que me ha hecho aumentar mis ingresos y ampliar el visado por un mes más y la posibilidad de establecerme definitivamente en El Cairo. Algo que Omar y yo ya habíamos sopesado. Hace dos semanas hablamos sobre ello. Incluso comencé a meditar cómo y de qué manera le plantearía a Mena mi estancia definitiva aquí. Sobre todo me preocupaba la reacción de ella, porque Adrián sé que estaría encantado de tener casa en Egipto.

Lo primero que trajo fue su cepillo de dientes, después fue dejando algún pantalón, una muda y algún libro. Más tarde comenzó a quedarse hasta el mediodía. Me acompañaba por las calles buscando modelos para mis obras, incluso, la última semana, la pasó completa en casa. Guisó para mí y me enseñó a hacer Hadj, el maravilloso arroz egipcio, que tanto me gusta. Conversamos sobre la posibilidad de que mi estancia en El Cairo se convirtiese en definitiva y él se mostró encantado, feliz con la idea. Tanto que me atreví a hablarle sobre mis inquietudes en cuanto al desconocimiento que tenía sobre él, sobre su vida, su familia, su pasado, sus injustificadas e imprevistas ausencias... Contrariamente a lo que yo siempre había supuesto, no puso ninguna objeción a ello. Me dijo que no me preocupase, que todo llegaría, que tuviera confianza en él, que llegado el momento me hablaría de todo, que tenía una sorpresa para mí. Aquel día fue el último que le vi. Desapareció sin dejar rastro, como si nunca hubiera existido. Todo fue tan extraño que si no hubiera sido porque Raquel le conocía, hubiera pensado que su existencia era una alucinación.

Después de una semana sin que diera señales de vida, preocupada porque le hubiese sucedido algo, haciendo mil conjeturas sobre su desaparición, pensé que tal vez me había precipitado y él, un alma libre, se había asustado. Incluso sopesé la posibilidad de que tuviera familia, una familia a la que no abandonaría por mí y, angustiada, le pedí ayuda a Raquel. Necesitaba saber qué había pasado, dónde estaba Omar, fuese lo que fuese, me encontrase con lo que me encontrase, necesitaba saberlo. Ella movió todos sus contactos y comenzamos su búsqueda, una investigación que no dio ningún resultado. Parecía que la tierra se lo hubiera tragado. Así fue hasta ayer.

38

Raquel subió con él. Los dos me miraban en silencio, con quietud y a la espera de mi reacción; temerosos por ella. Pero mi vista estaba fija en el paraguas rojo que el hombre alto y moreno sostenía en su mano derecha. De su empuñadura colgaba una tarjeta manuscrita. Reconocí la letra al instante, era de Omar:

—Sentimos no haber podido entregárselo antes, en su momento, como debería haber sido, pero las circunstancias nos obligaron a ello. Esperamos que comprenda que son causas de fuerza mayor. Acepte nuestras condolencias —dijo tendiéndome el paraguas rojo.

Llorando, temblorosa lo cogí y leí el texto de la tarjeta:

«*Es para que te proteja del sol de mi tierra, para que lo haga en el jardín de la casa que he pensado deberíamos alquilar para los dos. Te veo en la noche* »

Grité, grité pidiendo con todas mis fuerzas que me dijeran qué había pasado, dónde estaba. Raquel me condujo dentro de la casa y el hombre árabe pasó con nosotras.

Pensé que había sido un accidente, un desafortunado accidente lo que le había ocurrido, que estaba en algún hospital inconsciente, herido, pero no, desgraciadamente, Omar había muerto hacía una semana. La misma tarde que se fue de casa y extendió sus manos diciéndome un adiós definitivo. Aquella tarde en que su imagen no se desdibujó como siempre, lo hizo bajo una extraña lluvia de diminutas flores amarillas, que sólo vi yo. Una lluvia de flores como la que tapizó las calles de Macondo el día que José Arcadio Buendía murió en *Cien años de Soledad*.

Tuvieron que darme un tranquilizante y esperar a que reaccionara. Entonces el hombre me dijo que Omar había muerto durante el ejercicio de su profesión. Pertenecía al Shabak, el Servicio de Inteligencia y Seguridad General Interior de Israel. Su lema es: Defensor y protector invisible. No me facilitaron detalles de lo acontecido, sólo se me hizo saber que se tenía conocimiento de mi existencia y que los planes de futuro que él tenía eran junto a mí. Aquel día, cuando lo asesinaron, se dirigía a formalizar el contrato de arrendamiento de la casa que quería compartir conmigo.

39

Todo empieza donde y como acabó. En Egipto, en el Cairo, y sola. Mi desgastada Raquel anda perdida entre el ascensor y mi casa. Dice que nunca podrá acostumbrarse a mi ausencia. Creo que yo tampoco podré acostumbrarme a vivir sólo con su recuerdo sin morir un poco; sin que mis deseos me hagan volar con el pensamiento hasta su lado, sin el perfume de sándalo que su túnica negra deja prendido por donde pasa, sin la luz que el brillo de sus zapatillas le dan a mis pupilas cansadas de ver tantas cosas llenas de oscuridad. Sé que la ausencia de su voz suave, pausada, dejará mis oídos enfermos por el abandono, porque su voz es como su mirada, como sus huesudas manos de bruja buena: el antídoto perfecto para no dejarte llevar por la sinrazón. Raquel es una reliquia llena de la exquisitez de la vida, de la paciencia, la constancia y el amor. Mi Raquel no es vieja ni es mayor, mi Raquel está desgastada por dentro y por fuera, en el alma y el corazón: como lo estoy yo.

A estas alturas de la narración ya habrá supuesto que regreso a España. He meditado mi vuelta largo y tendido, recostando mi cabeza sobre el regazo de Raquel, que ha escuchado mi llanto noche tras noche. Que, paciente, ha contemplado como mis dedos se deslizaban una y otra vez sobre el último óleo que le hice a Omar. Sobre sus ojos, sus labios, sus manos... Sin él mi estancia en este país no tiene sentido.

Dentro de unas horas Raquel y yo iremos al gran bazar de Khan El Kalili, quiero comprar regalos para todos, pero hasta eso, el ir al gran bazar y regatear sin Omar, me va a doler. Desde hace días todo lo que hago sin él me lastima. Aquí, en el Cairo, donde su recuerdo me persigue, donde intento buscar sus ojos, escuchar su voz, ver su sombra en cada esquina, en cada hombre, me es más difícil. A cada instante que pasa lo añoro más y, cuando lo hago, me parece escuchar su voz diciendo:

—Nada muere, todo se trasforma —decía refiriéndose a Sheela—. Ella estará siempre a tu lado. ¡Siéntela! Sólo tienes que sentirla...

Y la siento, la siento a ella y, sobre todo, a él, a Omar. Pero..., me duele tanto hacerlo, tanto.

Antes de ir al gran bazar pasaré por una empresa de mensajería y le enviaré todas estas páginas que he ido escribiendo para usted. Espero que lleguen antes que yo porque me gustaría que nos encontrásemos sabiendo que, al fin, tiene pleno conocimiento de quién es su segunda hija. Aquella joven delgada, casi escuálida, que un día se marchó de su hogar, que dejó a sus hijos y su marido, buscando hacer realidad un sueño, un sueño de cuento que estuvo a punto de cumplir pero que el destino, el ineludible destino, le arrebató.

Anoche, mientras iba embalando los utensilios de pintura, volví a ver a padre. Estaba sentado en el marco de la ventana y me sonreía. Su expresión era más cálida que de costumbre y su visión más cercana, como si estuviésemos en el mismo plano vital. Incluso pude percibir el olor de su colonia. Dejé la caja que estaba montando y me dirigí hacia él, pero, como siempre, su imagen desapareció. En su lugar estaba el paraguas rojo de Sheela. Lo cogí y entonces escuché su voz, la voz de Sheela diciendo:

«*Recuerda, no vuelvas, suceda lo que suceda, nunca debes volver*»

Junto al texto, le envío el paraguas rojo de Sheela. Es para Mena. Sé que ella irá a casa de Carlota esta semana, como hace todos los veranos, y quiero que se lo dé. Dígale que a mí ya no me hace falta porque, para protegerme, tengo el de Omar.

En el salón suena Alberto Cortez, las últimas estrofas de su canción "En un rincón del alma" hoy más que nunca me lastiman:

Con las cosas más bellas,
guardaré tu recuerdo
que el tiempo no logró.
Sacarlo de mi alma,
lo guardaré hasta el día,
en que me vaya yo.

El lienzo de Omar permanece entre mis manos. Me cuesta embalarlo, dejar de verle. Llueve. Fuera está lloviendo y, a mi lado, para protegerme, ya no está él.

Epílogo

La tormenta había descargado con fuerza. Llovió durante horas. Cuando Mena terminó de leer el último folio, llorosa, miró hacia la ventana y comprobó que sobre el alfeizar aún permanecían algunos trozos del granizo que había caído hacía unos instantes. Abrió la ventana y los cogió. Cerró sus manos y las llevó hacia su pecho.

Remedios se acercó a la joven y limpiando sus lágrimas dijo:

—Deberías arreglarte un poco. Tu padre, Adrián y tus tíos nos esperan, tenemos que irnos.

—¿Te das cuenta Remedios?

—¿De qué, cariño?

—Si no hubiera regresado ahora estaría aquí, con nosotros. No habría muerto. Si se hubiese quedado en Egipto, esto no estaría sucediendo. ¿Por qué volvió?, dime, ¿por qué tuvo que volver?

—Porque debía hacerlo. A veces el destino no puede cambiarse. Incluso, intuyéndolo, corremos el riesgo de interpretarlo mal. Creo que eso fue lo que sucedió.

—Sí, pero Sheela se lo advirtió. Se lo dijo.

—Has leído sus cartas, en ellas deja claro que interpretamos mal la predicción de Sheela. Pensamos que se refería a la venganza de Antonio. Jamás se nos pasó por la cabeza que pudiera sufrir un accidente aéreo. Ella tampoco sabía que tu abuela no llegaría a leer el manuscrito. La vida es esto, pequeña —dijo abrazándola con fuerza—. Debes ser fuerte.

»Raquel está esperando hace horas para hablar contigo. Ha hecho un largo viaje. Deberías hablar con ella antes del funeral. Creo que a tu madre le hubiera gustado que lo hicieses...

Cuando Raquel entró en la habitación, Mena seguía sumergida en su dolor. El granizo que había cogido se derretía entre sus manos y mojaba su pecho, pero ella no se movía. Permanecía con la vista perdida en la ventana. La anciana se dirigió hacia la joven en silencio. Cuando estuvo a su lado le tocó uno de sus hombros con suma delicadeza y dijo:

—No sabes cuánto lo siento. Su muerte también ha desgarrado mi alma. He traído esto —dijo dándole a Mena un paraguas rojo-. Lo olvidó en el apartamento. Es el que le regaló Omar. Junto al paraguas también olvidó este libro. El rodaballo.

Mena cogió el libro y sonrió. Lo apretó contra su pecho y dijo:

—Era tozuda, tozuda como ella sola. Siempre andaba con este libro a cuestas empeñada en terminar de leerlo, y, mira, el marca páginas sigue en el mismo lugar —concluyó rompiendo a llorar...

Cuando el coche, camino del cementerio, atravesó la urbanización y el pueblo, a su paso, poco a poco, las aceras fueron tiñéndose de rojo. Sobre ellas, cientos de paraguas rojos se abrían uno tras otro. Bajo ellos estaban todas y cada una de las mujeres a las que Sheela, Remedios y Jimena habían consolado con su magia. Con las que habían compartido penas y soledad tras las rojas cortinas del herbolario, bajo el más absoluto de los anonimatos. Un anonimato que ellas mismas, aquel día, decidieron no guardar porque, igual que lo fueron Jimena y Sheela, también eran mujeres de agua que necesitaban un paraguas rojo para protegerse, para no desaparecer bajo la lluvia al darle la mano a la soledad.

Agradecimientos

En una sociedad cada día más individualista, en la que demasiadas veces nos sentimos solos y desubicados tener al lado a personas que compartan tus inquietudes, que te escuchen y te entiendan es un privilegio. Ellos, nuestros amigos, son los verdaderos paraguas rojos donde todos nos protegemos del "agua" y del "sol". A ellos quiero agradecerles su cobijo:

Jana Corrales. Raquel Pérez Nogales. Lola Imaña. Clara Tahoces. Miguel Ruiz Montañez. Andrés Pérez Domínguez. Aranzazu Sumalla. Adriana Serlik. Arancha Sánchez Apellániz. Ana Valcarce. Piedad Mota. Nuria Soriano Salas. Ana María Lamata Gordo. Eduardo Benito Gordo. Lola Camarena.

Sin todos ellos, y muchos más que no puedo reflejar aquí porque el gratulatorio sería inmenso, yo no sería quien soy. Gracias por prestarme vuestro paraguas rojo para cobijarme.

Las últimas líneas de este agradecimiento son para mi marido: sin ti, nada sería posible.